CONTOS HOMEOPÁTICOS
Estórias que a História não conta

LORENZO MADRID

CONTOS HOMEOPÁTICOS
Estórias que a História não conta

novo século®

São Paulo 2011

Copyright © 2011 by Lorenzo Madrid

PRODUÇÃO EDITORIAL Equipe Novo Século
PREPARAÇÃO DE TEXTO Nilda Nunes
REVISÃO Rinaldo Milesi
Alexandra Resende

Dados Internacionais de Catalogação na Publicação (CIP)
(Câmara Brasileira do Livro, SP, Brasil)

Madrid, Lorenzo
Contos Homeopáticos
Estórias que a História não conta / Lorenzo Madrid. --
Osasco, SP : Novo Século Editora, 2011.

1. Contos brasileiros I. Título.

10-13213 CDD-869.93

Índices para catálogo sistemático:
1. Contos : Literatura brasileira 869.93

2011
IMPRESSO NO BRASIL
PRINTED IN BRAZIL
DIREITOS CEDIDOS PARA ESTA EDIÇÃO À NOVO SÉCULO EDITORA
Rua Aurora Soares Barbosa, 405 – 2º andar
CEP 06023-010 – Osasco – SP
Tel. (11) 3699-7107 – Fax (11) 3699-7323
www.novoseculo.com.br
atendimento@novoseculo.com.br

A meus filhos

Prefácio

Lorenzo Madrid é daquele tipo de pessoas que chamamos de geniais. E como tal, revela facetas de sua personalidade e demonstra novas habilidades que surpreendem mesmo aos que como eu o conhecem e privam de sua amizade há muitos anos. Sempre procurou fazer coisas diferentes, longe do banal, do simples e do comum. Começou como apresentador mirim de um programa infantil da extinta TV Tupi Canal 3 de São Paulo, e atualmente é diretor de uma grande empresa global. Era deste jeito no colégio, na Escola Politécnica, nas empresas onde trabalhou e também como empresário. Nunca foi de estudar o óbvio. Era capaz de errar uma simples operação aritmética, mas se atirava de corpo, alma e mente para decifrar as mais intricadas fórmulas que usavam derivadas e integrais, para não dizer de outras menos conhecidas ferramentas matemáticas. Um engenheiro civil que nunca assentou um tijolo, nem sujou o sapato em uma obra. Preferiu lidar com coisas mais complicadas do nascente mundo digital, na época em que nos formamos. Fazendo analogia com a informática, a capacidade de armazenamento e processamento de seu cérebro não estava tomada só pelo veio da tecnologia. A música, o *showbiz*, a arte e a história do mundo, sempre estiveram presentes em sua vida.

Lorenzo cresceu entre artistas. Seu pai era um produtor muito conhecido na então infanta televisão brasileira. Por isso mesmo, em nossa juventude, entre as fórmulas de Bernoulli e cálculo de elementos finitos, Lorenzo arrastou-me para com ele compor músicas e tocar nos festivais que estavam em moda na época. Foi muito divertido. Eu parei por aí. O Lorenzo continuou, compondo, escrevendo, viajando, registrando, em palavras e em imagens, tudo que lhe chama a atenção e que não faz parte do comum. O seu blog é interessantíssimo para os que curtem detalhes de grandes viagens.

Este é o seu terceiro livro e o primeiro de contos. O pioneiro é de poesias, talvez com certa inspiração em Pablo Neruda, que foi a nossa (aí me incluo) fonte para curtirmos juntos noites de fossa (" já não a quero, é certo, mas talvez a queira, minha alma não se conforma de tê-la perdido"). O livro seguinte, de fotografias, retrata o cotidiano de suas viagens pelo mundo. Agora, em *Contos Homeopáticos*, Lorenzo resgata alguns momentos hilariantes da vida de nosso amigo comum F. Santos, uma figura ímpar com ar de intelectual, cara de conteúdo, mão sempre ao queixo e com vocação de Don Juan para administrar suas multinamoradas. Contos Homeopáticos envereda também pela história do mundo, com estórias de amor passadas em épocas distantes, personagens aparentemente com nada em comum, mas com o ardor da paixão cruelmente similar a todos eles. Através do périplo de uma almofada que se transporta na linha do tempo de mãos em mãos, Lorenzo cria uma grande fantasia sobre fatos reais, contando trechos picantes da vida de personagens famosos, do sultão otomano Abdühamid a John Kennedy. Latife, que confeccionou a tal da almofada, bem que poderia ser uma das musas inspiradoras de Pablo Neruda, tal seu poder de enfeitiçar o sultão amado.

Uma leitura leve, divertida, provocativa, que reduz a complexidade de culturas diversas e de situações desconexas a um tecido comum, quando o assunto é paixão e dor de amor.

No fundo, é o que o engenheiro sabe fazer – tornar simples e possível o que para o leigo é complexo e difícil.

Darcio Crespi

— Doutor, que remédio então o Sr. me receita?
— Meu caro, o seu mal é do coração. Não aquele que bate, mas aquele que sente. Nada posso fazer a não ser te dar estas pílulas homeopáticas. Tome de uma em uma, várias vezes ao dia. Se seu mal elas não curam, pelo menos vão tornar suas lágrimas menos ácidas...

A doença do palhaço

Antigo conto folclórico

Nota do autor

Ao contrário do que significa a frase "qualquer semelhança é mera coincidência", todos os personagens aqui mencionados são verdadeiros, e os fatos, doravante citados, realmente aconteceram. Os eventos históricos narrados ocorreram nas datas e nos locais descritos e podem ser verificados nos livros oficiais de história.

Jacob e Sara

Jacob e Sara moravam em uma pequena vila no sul da Polônia. Jacob era alfaiate e Sara ajudava na costura. Apesar das dificuldades do dia a dia, os dois levavam uma vida razoável, tinham bons amigos na aldeia, acendiam as velas do *Shabat* às sextas-feiras e passeavam pela praça no dia do descanso.

Contudo, eis que veio a guerra e Jacob e Sara acabaram em um campo de trabalhos num lugar do qual eles nunca tinham ouvido falar. Com as habilidades que tinham, Jacob e Sara foram conduzidos para uma oficina de costura, onde produziam roupas simples e uniformes para os demais prisioneiros.

Passou-se o tempo e, nas condições difíceis em que viviam, Sara adoeceu e Jacob, sem as alegrias do casamento, ficava cada vez mais irritado e dava asas à imaginação, tentando achar um jeito de fugir daquele lugar.

Com a doença de Sara, ela já não produzia como antes e Jacob acabou encontrando no campo uma jovem judia chamada Elvira. Elvira era filha de Abrão, um grande alfaiate de Cracóvia, a quem Jacob conhecera quando visitara um tio na cidade. Elvira passou a ser a ajudante de Jacob na oficina, uma vez que ela também conhecia bem o ofício.

A cada dia, a vontade de fugir de Jacob aumentava e ele dizia sempre:

— Vamos fugir, Sara. Já sei como!

— Não, Jacob. Vamos morrer na fuga... Eu não tenho mais forças... O campo é todo cercado...

E Jacob esperava mais um dia.

— Vamos, fugir Sara, vamos!

— Não, Jacob... Estou doente. Eu não tenho mais forças... O campo é todo cercado...

Dia após dia, Jacob repetia a proposta de fuga a Sara. E Sara sempre dizia não. Jacob ficava irritado, Sara chorava e Elvira a tudo ouvia, calada.

E assim o tempo foi passando. Sara sempre negando os pedidos de Jacob. As festas de *Purim* e *Pessach* passaram em branco e nada de Sara concordar. Veio o *Shavout* e nada. *Rosh Hashana*. Nada. Jacob ainda tinha esperanças de que, após o *Yon Kippur*, Sara dissesse um sim. E passou o *Yon Kippur* e nada. Não havia jeito de Sara ceder ao que Jacob mais queria.

Foi então que um dia, próximo ao *Hanuka*, Jacob cansado de esperar por Sara, não aguentou mais e acabou pulando a cerca com Elvira...

João e Maria

João e Maria não se conheciam. Um dia, se encontraram numa palestra de autoajuda. João, por ser amigo do palestrante, foi. Maria descobrira a palestra em um anúncio de jornal e, como gostava do assunto, decidiu que ia. Sentaram-se por acaso lado a lado. Apresentaram-se educadamente, com cortesia. João fazia comentários jocosos durante a preleção. Maria ria. Ao final, no coquetel, conversaram um pouco. Uma conversa nada fria. Trocaram endereços de *e-mails*. João voltou para a casa dele e Maria ficou na sua, pensando no seu dia a dia.

Passaram-se uns dias e João recebeu um *e-mail* de Maria. Começou assim entre os dois um vai e vem de cartas eletrônicas. Maria escrevia. João respondia. Dia após dia, as cartas ficavam mais íntimas e a temperatura dos temas se aquecia. Trocavam juras de amor, confidências, poesias.

Chegou, então, o dia de Maria tirar férias, deixar o marido e sair com as filhas. Quinze dias na casa de praia da família. Seriam só ela e as meninas. E lá se foi ela cheia de alegria para curtir as suas férias. Mas Maria avisou João. E não se passaram muitos dias, João pegou um avião e foi à praia encontrar-se com ela.

E assim, no meio do dia, Maria encontrou João, que louco de euforia, abraçou Maria, beijou Maria e levou Maria aonde ela queria.

E no quarto do hotel, Maria se despia, se exibia pra João, que morria de desejo e de tesão. Não preciso dizer o que no quarto acontecia. Mas Maria fazia coisas que ela nunca faria com o maridão. Mas fazia com João. Ela mesma não acreditaria, se alguém lhe contasse que ela, a tímida Maria, seria capaz um dia, de fazer tanta baixaria e ainda gostar do que fazia... E João comia Maria de um jeito que ele nunca imaginaria... E desse jeito, a tarde se fez noite e a noite se fez dia no meio de muita folia. E depois de toda aquela orgia, os dois dormiram pelo resto do dia e a paz se fez entre as cobertas...

E, assim, a partir daquele ano, todas as férias de Maria aconteciam na casa de praia da família. E João, que não era bobo nem nada, ano após ano, arrumava uma viagem pela companhia e aproveitava aqueles dias *pra* poder fazer com Maria o que em casa, durante o ano todo, pedia e não conseguia.

Contudo, o que nenhum dos dois sabia, é que há muitos e muitos anos, o gajo João, da Maria o maridão, quase todos os dias se servia, com requintes de fantasias, de uma outra afamada Maria, a "rainha da putaria", esposa de um certo João...

O acampamento

F. Santos é uma figura única. Digo é, pois ele existe de carne e osso e desfila sua incrível existência todos os dias pelas ruas e avenidas de São Paulo. Em todos esses anos que tenho convivido com ele, aprendi que F. Santos se encaixa em uma categoria especial de pessoas, daquelas que às vezes nos faz acreditar que o impossível não existe. Não porque F. Santos tenha as características de um herói ou atleta superdotado, ou ainda que sua contribuição à espécie humana tenha sido revolucionária ou fantástica. Não. F. Santos não se encaixa em nenhum dos perfis tipicamente dedicados a personagens principais de um conto de ficção ou de história em quadrinhos. Mas, apesar dessa aparente insignificância, F. Santos é uma figura ímpar, cujas aventuras neste mundo merecem ser registradas e guardadas para nossos filhos e netos, pois quem as viu acontecer, ou pelo menos constatou que elas realmente aconteceram, sabe que são fatos inesquecíveis. É por isso que resolvi contar um pouco da vida de F. Santos e suas aventuras impagáveis.

F. Santos foi — e ainda é — alguém absolutamente normal, como milhões de indivíduos por aí, mas com a grande habilidade de se envolver em situações tão inusitadas, insólitas e hilárias, que se eu aqui escrevesse apenas meia dúzia delas, seria chamado de mentiroso. F. Santos nunca foi rico nem pobre. Esteve e está sempre naquele intervalo indefinível entre ter um bom padrão de vida e ao mesmo tempo ter dívidas impagáveis. Uma coisa inquestionável, contudo, é sua honestidade e integridade. F. Santos nunca teve vícios além de tomar alguns copos a mais de boa bebida, mas sem nunca se tornar um bêbado inconveniente e chato. Muito pelo contrário. Os goles a mais o deixam mais alegre e todos a sua volta divertem-se ao vê-lo contar suas desventuras. Sua vida, de maneira geral, sempre foi como tantas pessoas. Mas o que diferencia F. Santos dos comuns mortais, de tantos Santos e Silvas que por aí existem, são as enrascadas em que ele se mete, dignas dos melhores contos tragicômicos. Se Nietzche o tivesse conhecido, por certo teria discutido filosoficamente se o azar é um elemento natural que faz parte da tragédia humana e quais elementos do caráter conduzem o homem ao sucesso ou ao fracasso durante nossa efêmera existência sobre a face da Terra. Baudelaire com certeza teria dedicado uma ode a ele, e Victor Hugo o teria incluído como personagem coadjuvante em *Os Miseráveis*. Se bem conheço meu nobre amigo, e sem desejar-lhe um trágico fim, é bem capaz de seus últimos momentos nesta vida se rivalizarem aos de Quincas Berro d'Água.

E se vocês já estão se perguntando o que de tão especial tem esse tal de F. Santos, eu lhes pergunto de volta, com quem mais além de F. Santos poderia ter acontecido os seguintes fatos?

Como todo jovem que viveu na era *hippie*, F. Santos um dia resolveu passar um fim de semana acampando com um grupo de amigos. Afinal, nada melhor que um feriado na praia para fazer conquistas femininas. Em pleno verão dos anos 1970, com mochila nas costas, dividindo um velho Aero Willis 63 com outros dois colegas de faculdade, lá se foi nosso herói, com toda a sua jovial energia, montar sua barraca nas areias de uma bela praia inóspita, perto da então distante e pequena Angra dos Reis. As horas e horas de viagem, num calor insuportável, as diversas paradas para abastecer o carro e para matar a sede com Coca-Cola quente, não foram empecilhos capazes de apagar ou diminuir a empolgação de nosso amigo. Guiaram quilômetros e quilômetros por estradas de terra, com poeira entrando pelas frestas mal vedadas do velho carro até que, empoeirados até a alma, puderam finalmente chegar aonde queriam. Uma bela praia inabitada, encravada entre as montanhas da Serra do Mar e a verdejante Mata Atlântica.

Deixando o carro próximo à estrada esburacada, deveriam ainda caminhar um bom trecho pela trilha na mata fechada, debaixo de um calor úmido e sufocante, com mosquitos por toda parte lhes comendo as pernas e as orelhas para, finalmente, chegarem ao destino desejado. A praia era paradisíaca, de um azul profundo e cristalino. Sim, tinha valido a pena todo aquele sacrifício, aquelas horas sentados, chacoalhando e comendo poeira, para finalmente chegar àquele maravilhoso lugar. Mas a aventura estava apenas começando. F. Santos, com seus companheiros resolutos e suando em bicas, trabalharam durante horas juntando ferros, cabos e lonas até que conseguiram montar a barraca. Exausto pelo trabalho, F. Santos abriu sua mochila, comeu algumas bolachas amolecidas pelo calor e seguiu para a cidade mais próxima, ávido para garimpar as moçoilas disponíveis.

Chegaram ao centro de Angra ainda no começo da noite e, de bar em bar, procuraram descobrir qual era o melhor lugar para cortejar as meninas da cidade.

Algumas cervejas mais tarde, irritado pelos insucessos nas paqueras e farto pela escassez das tão desejadas "minas", eis que nosso triste e desconsolado herói decide retornar à sua barraca para o merecido descanso. Bem, pensou ele, era apenas sexta-feira e haveria ainda mais dois dias para aproveitar o fim de semana.

O velho Aero Willis roncava de novo no caminho de volta ao acampamento e, após mais alguns quilômetros na estrada, começava ali uma nova desventura. Como retornar ao local do acampamento? Claro, eles tinham se esquecido de trazer uma lanterna e o caminho de volta teve de ser feito pela mata escura contando apenas com a pouca luz da lua cheia que vazava entre as copas das árvores. Vários tombos e muitos arranhões depois, finalmente, cansados, chegaram ao seu destino. Sem ter onde tomar um banho e portanto, cheirando pessimamente, cheio de picadas de mosquitos e coceiras por todo o corpo, F. Santos fechou-se dentro de sua barraca. Sem ventilação e sem uma brisa que pudesse refrescar o ambiente, F. Santos deitou-se sobre o seu saco de dormir, mas passou horas e horas em claro, pois sem o travesseiro — essa pequena e essencial comodidade que eles também tinham se esquecido trazer — o adormecer se transformou em mais um tormento. E, além de tudo isso, em vez da tão sonhada companhia feminina, dois outros marmanjos, fedendo a cerveja e suor são seus colegas de barraca.

Exausto, ele acabou por dormir, ou melhor, desfalecer sobre o chão de areia dura e batida. Mas o sofrimento não terminaria por aí. Haveriam mais infortúnios aguardando F. Santos. Passaram-se algumas horas e, como era noite de lua cheia, a maré de sizígia se fez presente. Esta subiu, e subiu tanto, que lá pelo meio da madrugada, uma onda mais forte invadiu e inundou a pequena cabana de nossos aventureiros. Não preciso dizer os impropérios e palavrões que ele proclamou aos quatro ventos pelo susto de acordar com um banho gelado de água salgada em plena madrugada. A barraca, ancorada na areia, não resistiu e desmoronou, e os ferros da estrutura que a mantinham em pé cairam e batiam nos corpos doloridos e cansados dos nossos bravos mocinhos.

 F. Santos passou o resto da noite desmontando e secando seus pertences, desgastando-se para dobrar as lonas da barraca, que encharcadas pareciam pesar uma tonelada. Enquanto isso, os insetos do início da madrugada festejavam o sangue novo oferecido por suas pernas e braços.

 Encerrava-se ali o fim de semana. Assim que se fez dia, F. Santos e seus amigos tomaram o caminho de volta para casa. Dentro do Aero Willis 63, um silêncio sepulcral deixava ouvir o vento quente do verão, zumbindo pelas frestas mal fechadas das janelas como se aquele zunido fosse uma sutil gargalhada da mãe natureza...

 Na segunda-feira, quando voltou à faculdade, encontrei-o, e ele me contou a história de seu passeio. F. Santos estava cadavérico, cheio de marcas de picadas e manchas roxas por todo o corpo. Além das dores, uma gripe o consumiu pelo resto da semana. Sem falar nas queimaduras de sol que lhe arderam na pele por vários dias. Foi a primeira e última vez que F. Santos acampou na vida.

Paris, Primavera de 2001

Primeira Pílula

Quinta-Feira — 19 horas — Nova York

Luis pegou seu cartão de embarque e correu para o portão 22 do Terminal da *American Airlines* no aeroporto JFK. O trânsito louco da cidade naquela quinta-feira à tarde, quase o fizera perder a hora limite para o *check-in*, mas, felizmente, a boa sorte estava do seu lado e agora só precisava se apressar para subir a bordo do avião que o levaria à capital da França. Seria mais uma viagem de trabalho, apenas uma semana, mas ele aproveitaria o sábado e o domingo para simplesmente andar por Paris, a cidade em que ele mais gostava de estar. Com certeza, ir a um bom restaurante também fazia parte de seus planos.

Como fazia todos os anos, Luis viajava nessa época a Paris para decidir com os curadores dos principais museus franceses sobre as novas coleções de quadros que seriam reproduzidos em pôsteres e cartões. Era um negócio rentável, para atender aos que desejam ter um Picasso ou Renoir em casa, mas só podem pagar uma pequena fração do verdadeiro e original. Todos os anos, novos quadros eram selecionados para atender a uma demanda crescente, e Luis adorava ir a Paris e participar das decisões.

Sentado em sua poltrona da classe executiva, ele aceitou a taça de champanhe que a aeromoça lhe ofereceu e leu o cardápio para saber qual seria o jantar daquela noite. Depois da sobremesa, acabou de ver o filme na pequena tela individual de LCD, foi ao lavatório e, ao retornar ao seu lugar, preparou-se para as muitas horas de voo que teria pela frente: colocou nos ouvidos tampões de espuma para reduzir o ruído ambiente, vestiu uma máscara escura sobre os olhos e reclinou a poltrona até ela quase virar uma cama. Pacientemente, esperou que o cansaço se transformasse em sono. Entre os pensamentos daqueles últimos momentos de lucidez, ele ainda se lembrou que Paris estava fria naquele começo de primavera...

Segunda Pílula

Quinta-Feira — 22h35 — Paris

Angélica e seu marido, Jorge, terminavam o jantar no famoso restaurante de Lucas Carton, na Place de la Madeleine. Os vários pratos do cardápio foram maravilhosos, o vinho perfeito. A sobremesa, divina. No entanto, aquilo que poderia ter sido uma oportunidade de reviver uma relação desgastada converteu-se em mais um jantar de negócios, com diversos convidados completamente desconhecidos para ela. Jorge prometera uma semana de férias, os dois sozinhos, porém, mais uma vez, os negócios falaram mais alto. Os passeios por Paris que os dois fariam juntos transformaram-se em compras solitárias pelos *grands magazins*.

Na volta para o hotel, nenhuma palavra trocada. Escovaram os dentes, vestiram o pijama e deitaram-se. Na cama, fizeram sexo burocraticamente enquanto uma lágrima perdida escorria pelos olhos profundamente azuis de Angélica.

Terceira Pílula

Sexta-Feira — 8h30 — LeGrand Hotel — Paris

Naquela sexta-feira de manhã, Angélica e Jorge trocaram poucas palavras durante o desjejum. Os dezoito anos de casamento cobravam seu preço entre indiferenças e objetivos que já não eram mais os mesmos de quando eles se conheceram. Angélica era sensível e elegante. Já Jorge tinha se tornado duro e absolutamente focado em seu sucesso profissional. Ela queria ir a museus e catedrais. Ele ao banco, ao escritório e comprar gravatas Hermés. Por fim, concordaram que naquela noite sairiam sozinhos para jantar e que, no sábado, iriam aos museus e a outros pontos turísticos de Paris.

Quarta Pílula

Sexta-Feira — 12h30 — Hotel Astra Opera

Assim que chegou ao hotel, na tarde de sexta-feira, Luis desfez as malas, ligou o *notebook*, verificou o *e-mail*. Nada de importante, mas o vício de ver *e-mails* se justificava para ficar com a consciência tranquila. Teria um fim de tarde para aproveitar Paris, além de um sábado e um domingo absolutamente livres na cidade luz. E justamente por ter tantas coisas que gostaria de fazer, ele não conseguia decidir-se por onde começar. Luis vestiu um casaco de couro, um boné irlandês de lã mesclada e resolveu sair sem destino caminhando a pé pelas ruas da cidade. E assim Luis caminhou horas naquele fim de tarde. Apesar do cansaço da viagem, o ar fresco revigorava suas forças e a paisagem parisiense lhe renovava a alma. Luis caminhou pelos canais de La Villette, pelos bairros agora árabes próximos a Gare du Nord, até a Place de la Republique aonde pegou o metrô até a estação de Saint Michele no Quatrier Latin, procurando um bistrô para jantar. Sem saber como escolher entre tantos lugares disponíveis, ele optou por uma *brassérie* na Rue de Bucci de onde se escutava ao longe, o som metálico de um sax tenor em acordes dissonantes típicos de uma *jazz jam session*. O *maître* lhe ofereceu uma mesa, ao fundo, encostada na parede, lugar sempre reservado aos solitários e desacompanhados. Em diagonal, na mesa quase ao lado da sua, Luis observou um casal também recém-chegado. Apesar de eles trocarem poucas palavras, Luis percebeu que falavam um idioma que lhe era muito familiar. E finalmente não pôde deixar de notar que aquela bela mulher tinha olhos profundamente azuis.

Quinta Pílula

Sábado 9h30 — Suíte LeGrand Hotel

O jantar no *club de jazz* na noite anterior havia sido simples e agradável. Angélica pôde, pela primeira vez naquela viagem, jantar a sós com o marido. Eles acordaram cedo, tomaram café na suíte do hotel. Logo depois, Angélica começou a se vestir para sair com Jorge. No entanto, apesar de eles haverem combinado que naquele sábado visitariam os museus e que ficariam juntos, uma ligação de última hora modificou os planos feitos. Pelo telefone Jorge estava confirmando uma reunião de trabalho para aquela mesma manhã de sábado.

 Discutiram por quase uma hora. Ela falou das promessas não cumpridas, da eterna solidão durante as viagens de trabalho em que ele a levava e da completa falta de interesse dele nos assuntos de que ela tanto gostava. Mas a discussão acabou com um solene:

 — Lamento querida, mas você terá de ir sozinha ao museu.

 E assim ela fez. Sem falar mais nada, sem outras reclamações, ela abriu o armário, escolheu um discreto conjunto Dior de calça e *blazer*. O tecido em lã preta com detalhes em branco combinava perfeitamente com seu xale de pashmina creme, com suas luvas de couro e com um delicado chapéu também preto. Angélica era sem dúvida uma mulher de muita classe. Calmamente, maquiou-se de forma discreta, realçando levemente os olhos azuis com a sombra apropriada e, os lábios, com um batom ligeiramente vermelho. Terminou com um delicado perfume sobre sua pele clara. Jorge esperou aquele ritual feminino terminar e a acompanhou até a recepção. Pediram dois táxis. Cada um iria a um destino diferente. Ao se despedirem, ela disse elegantemente a Jorge:

 — Até mais, querido. Não se preocupe comigo, pois não tenho hora para voltar...

 O motorista de um táxi Citroën branco a levou até o endereço solicitado: o número 1 da Rue de Bellechasse. Com óculos escuros, ninguém poderia perceber toda a tristeza que Angélica guardava em seus olhos. Nem mesmo o céu azul que começava a iluminar Paris naquele sábado, ou os edifícios e monumentos imponentes que passavam pela janela, fizeram alguma diferença em seu estado de espírito. Angélica sentia-se só, abandonada e absolutamente traída. O relógio do táxi marcava exatamente 12h55 quando chegou ao destino.

Sexta Pílula

Sábado 10 horas — Estação Operà — Metrô Paris

A coleção de pinturas impressionistas do museu D'Orsay merecia horas de dedicação para ser vista e aproveitada. Por isso, às 10 horas da manhã de sábado, Luis já estava a caminho. Ele adorava andar de metrô por Paris. Conhecia bem as linhas, gostava de sentir-se parisiense, de ver os cartazes nos corredores e de ouvir os tradicionais músicos que habitam aquele universo subterrâneo.

Tomou o metrô na Operà, próximo a seu hotel e, embora não fosse o trajeto que o levaria mais perto do museu, desceu na estação da Pont Neuf e atravessou a ponte de mesmo nome que se apoia na Isle de La Citee para chegar a outra margem do rio Sena. Valia a pena andar aquelas quadras a mais só para ver a paisagem. Para ele, aquele era um lugar mágico de Paris. Notre Dame, Saint Chapelle, maravilhosas, estavam logo ali e ele voltaria para vê-las depois.

Com as mãos no bolso, para protegê-las do frio da manhã, ele seguiu rápido pelo Quai Voltaire, na margem esquerda do rio, até chegar à porta do museu D'Orsay na esquina da rue de Bellechasse.

Quando a fome lhe lembrou da hora, ele ainda não havia percorrido todas as salas. Faltava-lhe ainda o último andar. Para ele o melhor de todos, pois lá se concentravam as obras de Van Gogh, por quem tinha uma especial admiração. Decidiu, no entanto, descer até a cafeteria, comer alguma coisa e depois terminar a visita. Não sabia, no entanto, o quanto essa decisão teria impacto em sua vida.

Sétima Pílula

Sábado 13h05 — Museu D'Orsay

Angélica pagou a entrada e alguns passos depois pode vislumbrar a imponente galeria principal e seus característicos arcos do que fora anos atrás, uma estação ferroviária. Logo depois ela procurou o balcão de informações para retirar o guia impresso que orienta a visita. Olhando para o folheto que tinha nas mãos, para entender a melhor forma de começar, ela distraidamente andou alguns poucos metros e no instante seguinte tropeçou em uma mochila que um descuidado jovem deixara no chão. Ela se desequilibrou, deu alguns passos em falso e percebeu que iria cair. Nesse momento, sentiu que alguém a segurava pelo braço, evitando uma queda ridícula. Recompondo-se do susto, ela se virou, procurando saber quem fora o anjo da guarda que a ajudara e agradecer. Foi então que Angélica encontrou a face assustada de Luis, sinceramente preocupado com o que poderia ter acontecido.

— Obrigada, senhor...
— Você esta bem?
— Assustada. Mas bem.

— Se você quiser uma água, eu estava a caminho da cafeteria...

— Acho que preciso. Agradeço pela gentileza.

Outras pessoas que se aproximaram para ajudar, logo se afastaram, e Luis e Angélica caminharam juntos, lado a lado até a pequena cafeteria do museu. Só então se deram conta da coincidência de serem conterrâneos.

Luis pediu água, dois expressos, além de uma pequena baguette com queijo. Era o seu almoço. Sentaram-se na única mesa disponível, bem no meio do salão. Angélica não quis comer nada, mas aceitou o café e a água. Conversaram banalidades, de onde eram, o que faziam em Paris. Ele contou que estava no museu já há algum tempo, mas que ainda lhe faltava ver o piso superior com as obras de Van Gogh. Angélica sentiu-se segura ao lado de Luis e aceitou quando ele a convidou para subirem juntos ao último andar.

Oitava Pílula

Sábado 15 horas — Piso superior, Museu D'Orsay

Incrivelmente, não se deram conta de que quase duas horas haviam se passado desde que Luis salvara Angélica daquele pequeno acidente. A conversa entre eles fluía agradavelmente, embalada pelos quadros impressionistas daquela galeria. Comentavam sobre as cores, os temas, a profundidade da obra de Van Gogh.

A cada novo quadro eles se emocionavam com a grandeza, a técnica e a sensibilidade daquele artista que em vida fora tão menosprezado. Lá estavam dois autoretratos extremamente expressivos e fortes; "Noite estrelada sobre o Rhone" com seu azul-cinza penetrante e seus raios de luzes amarelas; o bucólico e essencialmente simples "Acampamento de Ciganos"; o minucioso e dourado "Descanso ao meio-dia".

Contudo, diante do "Flores no Pote de Cobre", Angélica não conseguiu esconder os olhos marejados. As emoções, trazidas pela beleza e força daquela pintura, afloravam visivelmente em Angélica. Luis percebeu os sentimentos de sua recém-amiga, e também encantado pela pintura, sem dizer palavras tomou-lhe a mão entre as suas e a beijou delicadamente. Angélica olhou para Luis, sorriu, passou as costas das mãos para secar os olhos umedecidos e o abraçou sorrindo.

Esquecidos da vida, os dois continuaram conversando até que Angélica mencionou que gostaria de comer alguma coisa. Decidiram deixar o museu e procurar alguma *boulangerie* ou algum dos tantos cafés que se espalham pelas calçadas de Paris. Afinal, as horas tinham passado muito depressa e Angélica começava a preocupar-se em voltar para o seu hotel e encontrar-se com Jorge. Assim, saíram a pé pelo Quay d'Orsay, caminharam algumas quadras e decidiram ir direto ao hotel e lá comeriam algo. Fizeram sinal para chamar um táxi e Luis decidiu acompanhar Angélica, até mesmo porque ele se hospedava bem próximo ao hotel dela.

Nona Pílula

Sábado 17h30 — Cafè de la Paix.

O táxi parou próximo da esquina do Boulevard dês Capucines e da Operà, quase na porta do hotel cinco estrelas em que Angélica e Jorge se hospedavam e também endereço do sofisticado Café de la Paix aonde os dois entraram. Normalmente cheio de hóspedes e turistas, o café estava vazio naquela hora e eles conseguiram uma mesa encostada à janela, de onde podiam ver os transeuntes passeando despreocupados pela larga avenida emoldurada pelas grandes árvores típicas dos *boulevards* parisienses. Luis pediu um *café au lait*. Angélica um refrigerante *diet*, mas não resistiu a uma deliciosa *tarte tatin*, luxuriosamente exposta no carrinho de doces.

Muito embora tivessem se conhecido naquela mesma tarde, ambos se sentiam como se fossem amigos de muitos e muitos anos. Luis contou dos seus planos de trabalho em Paris e de seu envolvimento com o mundo das reproduções gráficas das grandes obras de arte. Angélica por sua vez contou sobre sua paixão pela pintura e sobre seu mundo, que era envolto em luxo e sofisticação. Juntos riram e se emocionaram naquela tarde. Cada minuto de convivência ficou indelevelmente marcado para os dois. O sentimento mútuo era de que suas vidas pareciam ter ficado mais leve depois de terem se conhecido. Ela gostaria de que aquela amizade perdurasse além de uma tarde em Paris

Angélica abriu sua bolsa para pegar seu telefone. Afinal, ela estava há horas longe de seu marido e já era tempo de se despedir. Antes disso, no entanto, precisava guardar em sua agenda uma forma de poder localizar Luis quando voltasse para casa. O celular... O celular não havia tocado a tarde inteira. Jorge não havia ligado nem uma só vez. Foi então que ela percebeu que se esquecera de ligar o aparelho. Se Jorge tivesse tentando localizá-la, não teria conseguido. Angélica sentiu-se culpada e com remorsos por não ter dado falta da ligação de seu marido.

Rapidamente, ela ligou seu celular e teclou o código necessário para verificar se haviam mensagens gravadas. Angélica sentiu seu ritmo cardíaco acelerar quando ouviu a primeira mensagem de Jorge. E ficou pasma com as mensagens que se seguiram. Luis perguntou se estava tudo bem.

— Talvez... O Jorge tentou me ligar várias vezes e não me achou. Ele teve de viajar até Tulousse para resolver um problema urgente na fábrica. Vou ligar para ter notícias.

E as notícias foram como uma punhalada para Angélica. Sim, houvera um problema sério na fábrica e, sim, precisavam dele, o grande engenheiro Jorge, para revisar as alternativas de solução e autorizar as mudanças na produção. Afinal, aquela encomenda fora feita baseada no projeto desenvolvido por Jorge, para o seu maior e mais importante cliente.

— Se tudo correr bem volto no domingo no fim da tarde — disse Jorge.

Um misto de desespero, tristeza e raiva invadiram a alma de Angélica, enquanto ela pedia a Luis para irem embora dali.

Décima Pílula

Sábado 18h20 — Recepção — LeGrand Hotel.

Angélica e Luis saíram pelos fundos do Café de La Paix e cruzaram o pequeno corredor que os conduzia diretamente ao *lobby* do LeGrand Hotel.

Angélica procurou em sua bolsa o cartão magnético que dava acesso a sua suíte, mas não o encontrou. Possivelmente, na discussão que tivera pela manhã, esquecera de pegar a chave que estava na outra bolsa. Assim, ela não teve alternativa a não ser solicitar outra cópia na recepção do hotel. O recepcionista pediu as devidas identificações, verificou os dados no terminal de computador a sua frente e avisou:

— A senhora tem uma mensagem gravada em sua secretária eletrônica.

Preocupada, pois ela não tinha a menor ideia como fazer para escutar o recado, ela quis saber como ter acesso à mensagem. O funcionário informou que bastava apertar a tecla com uma luz vermelha piscando no aparelho telefônico em seu quarto e a mensagem seria reproduzida imediatamente.

Angélica segurou a mão de Luis. Queria despedir-se. Queria voltar a seu quarto, trancar-se, tomar um banho. Chorar... Mas ao olhar os olhos escuros de Luis, sentiu uma ternura imensa por aquele homem que mal conhecia. Alguém que fora tão gentil, tão amável, e de uma sensibilidade única e especial. Queria dizer adeus, mas não conseguia. Mas antes que ela pudesse dizer alguma coisa, ouviu de Luis a pergunta que ela queria evitar e a qual não estava preparada para responder.

— Quer jantar comigo?

Como responder a uma pergunta dessas? Se ela dissesse não, estaria mentindo para si mesma. Se fosse um sim, quais consequências isso teria? Seria um sim por raiva, por estar magoada com Jorge? Estaria alimentando um sentimento que não deveria?

— Luis, eu preciso descansar. E preciso pensar. Por favor, me ligue mais tarde.

Um beijo no rosto foi um adeus sem palavras. Luis ficou em pé no *lobby* esperando o elevador fechar as portas, levando embora aquela mulher maravilhosa. Quem sabe qual seria o futuro daquele encontro. Tantas mulheres haviam passado por sua vida, tantas aventuras, um casamento encerrado e nenhuma mulher lhe causara a impressão que Angélica deixara em apenas algumas horas. Ele, por certo, ligaria mais tarde. Afinal, tentar não faria mal algum. Antes de sair para a rua, Luis, cheio de ideias, pediu ao *concierge* do hotel ajuda para encontrar algumas coisinhas que precisava comprar. Exatamente para resolver esses problemas de última hora é que existem os *concierges*. E os *concierges* de Paris são absolutamente maravilhosos quando se trata de assuntos do coração...

Ao entrar no quarto, Angélica nem se preocupou em ouvir as mensagens da secretária eletrônica. Já sabia o que elas diziam e entendeu que pela primeira vez em muitos anos estava livre para decidir sozinha sobre sua vida. Porém a dura verdade era que ela não tinha a menor ideia de como resolver seus problemas e conflitos. A única certeza absoluta, sem a menor sombra de dúvida, era que Luis iria ligar mais tarde. E que ela não saberia como responder.

Décima Primeira Pílula

Sábado 20h05 — Suíte Le Grand Hotel

O telefone da suíte de Angélica tocou. Respirando profundamente ela atendeu esperando ouvir a voz de Luis. Mas era apenas a recepção avisando que um mensageiro estava subindo para entregar um *petit cadeaux* (pequeno presente).

Instantes depois, a campainha tocou anunciando o portador. Ela abriu a porta e totalmente surpresa viu entrar em seu quarto um belíssimo vaso de cobre repleto de flores absolutamente deslumbrantes. Flores de Provença. Flores de primavera. Preso ao vaso, um pequeno cartão com a réplica do quadro "Flores em Vaso de Cobre" que eles haviam visto poucas horas antes e que a emocionara tanto. O cartão dizia apenas:

Quando Van Gogh pintou um vaso como este, você não havia nascido. Nem imagino o que teria pintado se ele tivesse tido a sorte de te conhecer.

Há muito tempo Angélica não recebia elogios nem flores de um homem. Lágrimas inundaram-lhe os olhos.

Décima Segunda Pílula

Sábado 20h10 — Le Grand Hotel

O telefone tocou outra vez. Recompondo-se, Angélica respirou fundo. Sabia que seria Luis do outro lado da linha. E dessa vez não se enganou.

— Foi a coisa mais linda que recebi em muitos anos — disse ela.

— E eu estou no *lobby* esperando a mulher mais linda que conheci em toda minha vida — disse ele.

Quinze minutos depois, um táxi saía do Le Grand Hotel para a Torre Eiffel, enquanto um discreto funcionário da recepção observava a cena, sorridente. Sim, os *concierges* de Paris são inigualáveis. Seja para fazer uma reserva impossível de última hora para jantar no Jules Vernes ou conseguir flores amarelas em um pote de cobre para a mulher amada.

Décima Terceira Pílula

Sábado 21 horas — Le Jules Vernes — Torre Eiffel

Um bom Bordeaux tinto acompanhava corretamente clássicos da cozinha francesa: *escargots*, *gigot d'agneau*, *cannard a l'orange*. Mas apesar dos ótimos pratos, os prazeres da mesa não eram páreos para o clima de romance que envolvia Angélica e Luis. Mãos juntas sobre a mesa, os dois eram típicos apaixonados em Paris, aproveitando cada momento que aquela cidade fantástica oferecia.

Durante o jantar, conheceram-se mais. Souberam das alegrias e tristezas de seus passados. Detalhes, sucessos, arrependimentos, perdas e ganhos. Luis entendeu claramente a crise pela qual passava Angélica. E ela quis aproveitar aquele encontro como se fosse um sonho de adolescente. Não sabia ainda qual seria o final daquela noite, mas por nada no mundo deixaria de vivê-la intensamente. Não importava o preço a ser pago depois.

Os pensamentos foram interrompidos pelo garçom servindo a sobremesa enquanto uma garrafa de Champagne estourava para acompanhar o momento. Por coincidência ou não, ouvia-se como música de fundo a inconfundível voz de Pepino di Capri, cantando:

Champagne, per brindare un incontro
Con te che giá eri di un'altro...

Décima Quarta Pílula

Sábado 23h10 — Champs de Mars

Angélica e Luis gostariam de ter subido até o topo da

Torre Eiffel, queriam ver Paris de seu ponto mais alto, porém o acesso fechava às 11 horas. Desceram então pelo elevador exclusivo do restaurante, no pilar sul da torre, e saíram andando de mãos dadas pelo Champs de Mars. Foi então que Luis teve a ideia de irem até a colina de Montmartre e, lá do alto, olhar Paris. Deram meia-volta, para poderem atravessar a Ponte de Iena e chegar ao Pallais de Chaillot e ao Trocadero.

De lá seguiriam ao destino desejado. Nesse movimento de troca de caminho, em um instante mágico, Luis abraçou Angélica com suavidade, olharam-se com carinho e um beijo apaixonado aconteceu naturalmente. Ouvia-se, de algum lugar, a música longínqua de uma banda. Músicos tocavam a bordo de um barco subindo o rio Sena, um *Bateau Mouche*, e a música parecia ter sido feita para aquele exato momento e para os demais que se seguiram, pois eis que Luis tomou Angélica em seus braços e começaram a dançar ao som de violinos imaginários às margens do Sena. E dançaram e dançaram até terminar a música que vinha das estrelas.

Depois, sem descanso, por muito tempo caminharam pelos *boulevards* floridos pela primavera recém-chegada.

E caminharam e caminharam, desde o Trocadero até Pigalle. Foram pela Boulevard Kleber, até o Arc de Triumphe na Place d'Etoille, aonde, maravilhados pelas luzes e as árvores iluminadas da Avenue Champs Elisee, trocaram gestos de carinho e afeto.

Nenhuma outra cidade merece mais o título de cidade luz do que Paris.

Passaram pelo Parc Monceau e continuaram até o

Boulevard du Clichy, divertindo-se com as vitrines das diversas *sex shops* que existem na região.

Caminharam por algumas quadras a mais e chegaram ao Moulin Rouge, que ainda hoje mantém quase intacta a mesma histórica fachada que exibia nos tempos da Belle Époque.

Os dois seguiram então em direção às vielas de Montmartre subindo como crianças as ruas estreitas, pelas mesmas calçadas por onde pisaram Van Gogh, Lautrec e Picasso, até alcançar as escadarias do Sacre Couer, aonde se sentaram no último degrau de mármore branco na entrada da catedral.

Cansados pela longa caminhada, ficaram abraçados e envoltos no xale de pashmina que ela trouxera para proteger-se do frio. E, assim, em silêncio, permaneceram por um bom tempo escutando os ruídos surdos de uma cidade que adormecia lá embaixo. A seus pés, a Torre Eiffel gloriosamente iluminada e as milhares de luzes amarelas de Paris piscando até o horizonte...

Décima Quinta Pílula

Domingo 1h30 — Montmartre — Place du Tertre

Já não havia mais nada a dizer. Os olhares entre ambos eram suficientes para se compreenderem. Ainda em silêncio, levantaram-se e seguiram por poucas quadras até a Place du Tertre, aonde os pintores que vivem por lá vendendo retratos e caricaturas aos turistas, já começavam a guardar suas paletas, canetas, tintas e pincéis. O casario do lugar era de uma beleza lírica e parecia saltar de um quadro de Degas ou Monet. Mas apesar de toda energia e beleza daquela cidade,

Paris estava com sono e seus habitantes estavam se recolhendo. O amanhã exigia descanso.

Luis com olhar entristecido, disse a Angélica que a levaria até o LeGrand Hotel.

— Eu não quero ir para lá. Me leve com você — foi a resposta.

Desceram a pé a colina de Montmartre até o Boulervad Rochechuart onde esperaram por um táxi. Luis pediu ao motorista, em um correto francês, para ir até a Rue Caumartin. Seu hotel era pequeno, simples, mas charmoso e elegante. No caminho, Angélica repousou a cabeça sobre seu ombro e adormeceu profundamente pelas quadras que passavam rapidamente.

Décima Sexta Pílula

Domingo 2h40 — Hotel Astra Opera

O apartamento de Luis, embora grande e confortável, nem se comparava ao luxo da suíte de Angélica no LeGrand Hotel. Mas tinha tudo o que era necessário para um viajante a negócios. Telefone, TV, internet *wi-fi*, uma espaçosa cama *king-size* e um banheiro com um bom chuveiro, o que por si só já é uma raridade nos hotéis de Paris.

Angélica há muito que não se importava com luxo e sofisticação e adorou chegar a um porto seguro para descansar. Entrou em silêncio, tirou o casaco e os sapatos que lhe torturavam os pés, largando-os em um canto qualquer, e sentou-se em uma *berger* vermelha próxima à janela. Luis também tirou os sapatos, guardou seu paletó no armário e perguntou se ela queria beber algo. Angélica pediu água, tomou um gole e estendeu a mão para que Luis a ajudasse a levantar. Abraçaram-se. Angélica levou suas mãos ao rosto de Luis. Um gesto de carinho. Em pé, parada face a face com seu companheiro, Angélica começou o seu ritual de entrega. Olhando fixamente para Luis, ela começou a abrir os botões de sua roupa. Primeiro, tirou a blusa creme de crepe de seda e a deixou repousando sobre a *berger*. Mais alguns gestos e um *sutien* branco de renda francesa também foi jogado sobre a poltrona. Luis em pé, frente a ela, segurou as mãos de Angélica entre as suas, enquanto olhava com ternura o torso nu e os seios brancos que aquela mulher lhe oferecia. Abraçaram-se. Beijaram-se. A cama os esperava ansiosa para hospedar os dois amantes em suas cobertas. E assim, Angélica e Luis, fizeram amor apaixonadamente pelo resto da madrugada, até que exaustos e entrelaçados adormeceram antes de surgirem as primeiras luzes da manhã.

Décima Sétima Pílula

Domingo 6h15 — Hotel Astra Opera

Angélica acordou assustada, com a típica sensação que se tem ao acordar em um lugar estranho. Milhares de pensamentos voaram por sua cabeça, mas a estranha química do amor transformava tudo em sublimes sentimentos. Totalmente nua, ela se levantou da cama e foi até a janela e se espreguiçou. Se pudesse gritaria ao mundo para que todos soubessem de sua liberdade. Sentia-se feliz e totalmente responsável pelos seus atos. Era uma nova mulher e queria uma nova vida. Pela janela, ela observou ao longe o sol nascer sobre os telhados de Paris, iluminando o horizonte com manchas pálidas de rosa e amarelo, enquanto os primeiros padeiros se encarregavam de anunciar aos pássaros que despertavam — com o aroma das *baguettes* e dos *croissants* invadindo o ar gelado do fim da madrugada — que a vida no mundo recomeçava...

Décima Oitava Pílula

Domingo 8h15 — Entre hotéis

Quando Luis acordou, Angélica estava deitada e sorridente ao seu lado. Tomaram banho juntos e vestiram-se para viverem um novo dia em Paris. Desceram e caminharam no frio da manhã as poucas quadras que separavam os seus dois hotéis. Tomariam o desjejum no Café la Paix.

Quando terminaram a pequena refeição, Angélica pediu a Luis que a esperasse. Subiria até a suíte. Queira trocar de roupa, vestir algo mais apropriado para um dia de domingo e de primavera em Lutece. Queria também deixar um recado para Jorge.

Enquanto esperava, Luis tomou mais um *café au lait* e leu o Libèration para descobrir se haveria alguma programação especial em Paris naquele domingo. Nem por um segundo ele se preocupou como seriam as suas próximas horas com Angélica. Nem mesmo pensou no que poderia representar a volta de Jorge a Paris.

Décima Nona Pílula

Domingo 10h15 — Isle de La Cite — Notre Dame

Angélica e Luis decidiram passear por Paris como simples

turistas. Saíram do LeGrand Hotel em um táxi e foram até a Isle de la Citee. Muita coisa havia para visitar por lá. A Notre Dame foi o primeiro destino. A imponente catedral gótica, seus maravilhosos portais esculpidos em pedra, seus arcos, torres e campanários eram a síntese de anos de trabalho e dedicação de uma Paris medieval. A história da civilização ocidental muitas e muitas vezes se confundia com a própria catedral. A Revolução Francesa e a coroação de Napoleão eram alguns dos fatos que as pedras da catedral guardariam eternizados. Angélica e Luis andaram pelas diversas capelas da catedral, ouviram um trecho da missa que era celebrada e estavam se preparando para subir a torre e ver as famosas gárgulas quando o celular dela tocou. Era Jorge, avisando que chegaria de Toulouse às três da tarde.

Vigésima Pílula

Domingo 12h15 — Isle de La Cite — Saint Chapelle

Em silêncio, os dois desistiram de subir a torre e seguiram até Saint Chapelle, distante apenas algumas quadras da Notre Dame. Pagaram a entrada e esperaram na fila enorme para poder entrar. Mas toda a espera era mais do que justificável. Os maravilhosos vitrais não tinham comparação em nenhum outro lugar do mundo. A harmonia das cores, a profundidade dos azuis, vermelhos e violetas eram de uma beleza indescritível e emocionante. Angélica segurava a mão de Luis e com um profundo suspiro ela se conscientizou de que deveria tomar a decisão mais importante de sua vida. Ao mesmo tempo, recordou das muitas coincidências que haviam ocorrido entre ela e Luis naquela viagem: jantarem lado a lado no mesmo restaurante na Rue de Bucci, quando ainda nem se conheciam, o tropeço no Orsay, a mesma e profunda admiração por Van Gogh, a música Champagne no Jules Vernes e tantos outros fatos e interesses comuns que os dois compartilhavam. Foi por isso que Angélica teve um calafrio quando se lembrou que o vitral da Grande Rosa na fachada ocidental de Saint Chapelle representava o Apocalipse...

Vigésima Primeira Pílula

Domingo 13h35 — Margens do Sena

Angélica e Luis saíram de Saint Chapelle, cruzaram a Pont au Change e começaram a caminhar sem destino pelas calçadas, à margem do Sena.

À medida que os minutos passavam, Angélica ficava cada vez mais ansiosa. Em pouco tempo teria de enfrentar o reencontro com Jorge e ela não sabia o que poderia acontecer.

Poderia ela ignorar a noite passada com Luis e retornar à mesmice de sua vida? Fazer de conta que tudo aquilo houvera sido apenas um sonho romântico e ignorar os seus sentimentos e os de Luis? Poderia ela deitar-se novamente com Jorge, compartilhar a mesma cama, fazer amor com o marido como se nada daquilo tivesse acontecido? Conseguira suportar a sensação de frustração em que seu casamento se transformara e ao mesmo tempo lembrar dos momentos tão bonitos e profundos vividos com Luis?

Em contrapartida, pensar seriamente em abandonar Jorge e viver sua própria vida era algo que ainda não se materializara em seu ser. Haveriam problemas de ordem prática, as disputas financeiras, a pressão da sua família e dos dois filhos, ainda adolescentes. A decisão da emoção era simples. Mas o peso da razão era complexo e enorme.

Paris, naquele domingo de primavera, estava maravilhosamente azul, mas Angélica e seus pensamentos corriam muito distantes dali, tentando encontrar uma solução para seu dilema. Luis, respeitosamente, não quis fazer comentários e em silêncio acompanhou a dor e o sofrimento que se estampavam na face antes sorridente de Angélica.

Esqueceram-se do almoço e nem repararam nas muitas flores coloridas expostas nas bancas as margens do Sena.

Esqueceram-se de olhar os monumentos e palácios que se exibiam imponentes ao longo do rio. Esqueceram-se de ouvir e aplaudir os artistas se apresentando nas ruas.

Esqueceram-se de aproveitar os últimos momentos que teriam sozinhos. E até se esqueceram de um último abraço, quando Luis deixou Angélica no *lobby* do LeGrand Hotel. Eram 15 horas e as pessoas em Paris estavam felizes e rindo em plena tarde ensolarada de primavera, enquanto Angélica esforçava-se para conter as lágrimas no elevador que subia até sua suíte. Ela teria um encontro com a verdade. E sabia que esse encontro não seria nada agradável.

Vigésima Segunda Pílula

Domingo 20 horas — Rue Muffetard.

Luis acreditou que ele viria. Esperou horas e horas em seu quarto de hotel por um telefonema que não veio. O amanhã seria de trabalho, focar em projetos, custos e decisões de negócios. Com o tempo e a experiência dos muitos anos vividos, Luis sabia que dificilmente sentiria a pele e o perfume de Angélica outra vez. E a melhor forma de esquecer alguém como ela, era jogando-se de cabeça em seus afazeres. Não dar tempo ao coração. Era a melhor receita.

Contudo, ainda era domingo. Noite de primavera em Paris e ele decidiu curtir sua solidão e tristeza da mesma forma que vivera os dois últimos dias. Andando por Paris. Por suas infindáveis vielas, bistrôs, cafés, pequenos mercados e bancas na rua oferecendo flores, iguarias, vinhos, pães, queijos... Sim... Havia a delicada, alegre e aconchegante Rue Muffetard. Aquele lugar era uma síntese de Paris. Uma pequena rua para artistas, amantes e sonhadores. Para apaixonados e perdidos. Sim... Amanhã seria um novo dia. Novos ares viriam. Novos sabores. Novos desafios. Novas aventuras. Talvez novas paixões. Naquela noite, no entanto, ele sabia que o perfume de Angélica iria perdurar em sua alma até depois da madrugada e por isso a Rue Muffetard seria dele até o sol nascer...

Depois de Muitas Pílulas

Quarta Feira, Ano Seguinte
15 horas — Park Ave. Nova York

Luis sentado frente ao *notebook* verificava seus *e-mails*. As últimas provas para a coleção daquela primavera estavam prontas e sua viagem a Paris estava confirmada para a próxima sexta-feira. Incrível que mesmo com tantos recursos de comunicação disponíveis, ele ainda tinha que ir pessoalmente a Paris todos os anos para aprovar a coleção.

De seu pequeno escritório no alto de um arranha-céu em Midtown, Manhattan, ele controlava pela internet seus negócios em vários lugares do planeta. Fornecedores de papel no Chile, *designers* em Los Angeles, gráficas na Coreia, clientes no Japão e distribuidores de seus produtos espalhados pelo mundo. Mas quando se tratava de curadores franceses... bem, nenhuma internet substituía a conversa face a face, o vinho no almoço e as discussões intermináveis sobre as últimas férias na Riviera. Esse era o estilo francês. E Luis não se importava nenhum pouco em ir a Paris algumas vezes por ano para tratar de negócios.

Nos últimos doze meses, Luis mergulhara em seu trabalho como nunca fizera antes. Conquistara novos mercados, lançara novos produtos, fizera muito sucesso. E continuava um homem solitário. Pequenos flertes, pequenas aventuras, mas nada que fosse realmente sério.

Houve uma mulher em Paris que o arrebatara completamente. E depois disso, somente o vazio no coração. Nenhum *e-mail* respondido. Nenhum telefonema atendido. Apenas o silêncio. O eterno, corroedor e profundo silêncio.

Luis fechou o escritório às seis da tarde. Mais uma noite solitária o esperava. Andando pela Park Avenue em direção à estação do metrô que o levaria até seu pequeno apartamento na Rua 79, Luis não percebeu que estava sendo seguido desde que saíra do escritório.

Última Pílula

Quarta feira — 18h15
Park Ave. e 48th St. Nova York

Esperando o farol abrir na esquina da Rua 48, Luis sentiu que alguém lhe segurava o braço. Apesar de Nova

York ser uma cidade segura, ele se imaginou sendo assaltado por alguém que queria tomar-lhe o *notebook* que levava a tiracolo.

Assustado, ele se virou tratando de entender o que estava acontecendo. Luis imediatamente reconheceu um par de olhos profundamente azuis.

— Desculpe, senhor, mas posso lhe oferecer um copo de água?

O destino tem caminhos insondáveis. Aquele reencontro não fora coincidência como as tantas que aconteceram entre Luis e Angélica. A tarde, então, se transformou em noite e ela foi eterna para os dois.

Durante quase um ano, Angélica enfrentou disputas, problemas, tristezas. Quis provar para si mesma que ela era capaz de vencer seus desafios. E quis poupar Luis de seu sofrimento. Queria estar pronta, livre, e ter certeza de que Luis não tivera sido apenas uma aventura em sua vida ou somente a gota d'água que determinara seu futuro. Ela tinha certeza agora de que o que se passara entre eles tinha sido verdadeiro e que eles poderiam ter uma nova chance juntos.

Para isso, ela moveu céus e terra. Enfrentou advogados, juízes e palpiteiros. Enfrentou problemas com família e amigos. Ela queria descobrir tudo sobre si mesma e, enquanto fazia isso, silenciosamente pesquisava na internet para descobrir mais sobre Luis. Por isso aquele encontro com Luis fora planejado para acontecer exatamente um ano depois de eles terem se conhecido. Agora, ela estava pronta para viver uma nova vida. E se possível com Luis ao seu lado.

Depois de jantarem, dessa vez foi no quarto de Angélica, em um pequeno hotel da Rua 46, próximo a Time Square, onde eles passaram a noite. E nas horas que se seguiram, os dois conversaram e se amaram muito, como haviam feito doze meses antes. Havia muito para falar. Muito para entender e outro tanto que Luis precisaria perdoar. Estarem junto era tudo o que mais queriam.

Contudo, não havia pressa. Eles teriam muito tempo para encontrar todas as respostas, dizer tudo que era preciso e amar-se como sempre desejaram, pois a primavera em Paris estava apenas começando e eles não perderiam a chance de viverem isso juntos por nada neste mundo.

A Almofada

Vale de Adapazari — Turquia, Julho 1778

O dia havia sido bom para Ahmed. A colheita de azeitonas e damascos rendera-lhe vários cestos e o seu rebanho de cabras estava bem guardado depois de uma pastagem tranquila pelas colinas que subiam lentas, formando o vale lá embaixo. Feitas as abluções do dia, e tendo feito todas as orações que o Corão determinava, Ahmed voltava para sua simples casa, onde suas três esposas lhe dariam o merecido descanso, depois do trabalho árduo sob o sol da primavera mediterrânea.

Ahmed agradecia Alah pelas suas posses, suas mulheres, seus muitos filhos e, em especial, por Latife, sua filha favorita. Latife tinha 14 anos, era de uma beleza jamais vista naquele vale, pele clara como o luar, olhos escuros que combinavam com seus longos cabelos pretos, os quais lhe passavam a cintura. Latife era uma doce criatura, cuidava de seu pai com carinho e quando o via chegando das colinas, corria ao seu alcance para abraçá-lo e pendurar-se ao seu pescoço.

Naquela noite, comeram e festejaram, tomaram o tradicional chá e se regozijaram com danças e músicas. Latife dançava com a suavidade dos anjos. Era uma noite alegre. Dormiram felizes sem imaginar o que a manhã seguinte lhes reservava.

Ao amanhecer, foram acordados por um tropel de cavalos. Tropas de Istambul vinham em busca da casa de Ahmed. Traziam ordens do Gran-Vizir Kara Vezir Seyyit Mehmet Pasha para levar a filha de Ahmed como serva do sultão. A beleza de Latife chegara aos ouvidos de gente importante no palácio Topkapi, sede da corte. E as ordens de levá-la até lá foram emitidas.

Latife tentou fugir, correu para as colinas, mas os soldados a cavalo logo a subjugaram, apesar do choro, dos pontapés e mordidas que Latife distribuía aos seus captores. Enquanto isso, os gritos de Ahmed e sua família eram abafados pelas chicotadas, brandir de adagas e tiros dos arcabuzes da guarda do Vizir.

E foi assim que a bela e doce Latife, a mais linda jovem que aquele vale já vira, foi levada para ser mais uma das mulheres do harém do sultão Abdühamid I. Latife nunca mais veria aquelas colinas em sua vida.

O Sultão

Abdühamid I tinha 48 anos quando seu irmão, o sultão Mustafá III, morreu deixando-lhe o trono. Ele já não era jovem e sempre vivera à sombra de seu pai e de seu irmão, que eram fortes e impiedosos. Herdara um império arcaico e que se desfacelava dia após dia.

Contudo, o império ainda permanecia grande e forte. E a vida na corte era cheia de luxo e de prazeres. Naqueles anos, o palácio Topkapi não tinha rivais em nenhum outro lugar do mundo. De uma beleza ímpar, era, ao mesmo tempo, sede do governo e fortaleza encravada nos altos de uma colina as margens do estreito de Mármara, aonde se unem o Mediterrâneo e o Mar Negro. Tesouros incalculáveis eram ali guardados. Da janela mais alta do palácio, Abdühamid olhava o pôr do sol que se instalava sob o horizonte. De lá, o sultão dominava grandes terras na Ásia e um pedaço da Europa. Ao longe, os minaretes da Mesquita Azul apontavam para o céu, enquanto as primeiras estrelas surgiam pálidas no crepúsculo do anoitecer.

O Império Otomano era uma sombra do que fora seu poderio. Fronteiras caíam uma após a outra. O grande exército e a marinha estavam exauridos. Técnicas antigas e equipamentos ultrapassados deixavam as tropas com um poderio muito aquém do que seus inimigos dispunham. Abdühamid queria modernizar seu exército, torná-lo apto a combater seus rivais mais próximos, principalmente os russos. Ele já havia enviado emissários a diversas partes do mundo, pois queria trazer novos conhecimentos e máquinas modernas. No entanto, as tentativas haviam se revelado infrutíferas e até mesmo o assessor militar que ele trouxera da Europa, o barão húngaro François de Tott, falecera um ano antes, sem conseguir convencer os membros da corte turca, apegados às tradições e a costumes arcaicos, a adotar técnicas ocidentais. O Islã estava acima de tudo e os infiéis não deveriam estar entre eles. Mas para negociar essas e outras questões políticas, o sultão tinha o grão-vizir, que era ao mesmo tempo seu primeiro-ministro e grande secretário. A ele estavam atribuídas essas questões mais mundanas da política.

No entanto, além das tramas de gabinete, o vizir Seyyit Mehmet, também deveria, entre as sua atribuições, manter o harém de seu sultão sempre renovado com as mais belas mulheres do império. Ao ouvir falar da beleza de Latife, o vizir deu ordens para que fossem buscar a menina no vale de Adapazari. E ninguém questionava ordens vindas daquele homem.

O harém

Quando Latife chegou ao Topkapi, em uma noite de lua cheia, em plena primavera, não houve gritos, nem chutes, nem mordidas nos guardas. Latife estava deslumbrada pelas coisas que estava vendo e que nunca em sua vida de camponesa poderia ter imaginado existir. As outras odaliscas do harém receberam Latife e logo começaram a cuidar dela. Latife era pequena, frágil, recém-entrada na adolescência e isso despertou o instinto maternal naquelas mulheres, e elas passaram a cuidar daquela frágil e maravilhosa bela criatura como uma nova filha. Pouco a pouco foram ensinado-lhe os segredos da sobrevivência no harém.

Latife aprendeu a banhar-se, perfumar-se e a usar as roupas de seda e as joias reservadas às mulheres do harém. Aprendeu a dançar com os véus e com as sedas, da forma que o sultão gostava e preferia. Aprendeu a costurar e a bordar as telas e tecidos e a fazer tapetes e almofadas. Ouvia com atenção as histórias que eram contadas pelas mulheres que tinham o privilégio de serem concubinas do sultão. Enquanto as demais mulheres riam e se divertiam ouvindo as coisas que aconteciam na alcova real, Latife, com seus olhos negros escancarados de espanto, pouco entendia do que elas falavam e discutiam e, por isso mesmo, morria de medo de ser um dia chamada à alcova do velho homem. Em sua cama, à noite, lembrava-se de sua vila e também chorava silenciosamente ao pensar em seu pai.

Com o passar dos meses e Latife acostumava-se aos poucos com seu novo mundo. O linguajar do harém, suas etiquetas, o devido respeito às favoritas do sultão e o temor aos eunucos que mantinham aquelas mulheres sob guarda.

Apesar disso, as mulheres estavam ansiosas com o fim de ano que chegava. Grandes festas estavam programadas para as celebrações. Haveria muitas danças, músicas, fogos de artifício, comidas. Mas a bela Latife não compartilhava de toda essa alegria, pois, apesar de já sentir que aquele harém era sua nova casa, ela não se acostumava com a falta da liberdade que tinha nas colinas de sua vila, no vale de Adapazari.

1779 — A primeira noite

Em 21 de janeiro daquele ano novo, Abdühamid comemoraria cinco anos como sultão. As grandes festas de fim de ano foram estendidas para celebrar o feito durante todo o mês.

Para tornar mais agradáveis essas celebrações, o vizir Seyyit Mehmet havia recolhido nas mais diversas regiões do império as cinco mulheres mais belas das quais se tinha notícias, a fim de oferecê-las como novas esposas a Abdühamid.

Latife seria uma delas. Latife chorou muito quando soube que teria de desposar o sultão, mas as outras mulheres do harém confortaram-na, banharam-na e prepararam-na para enfrentar aquele momento. Lindamente vestida, com joias e adornos, usando a mais pura seda bordada e véus que a cobriam da cabeça aos pés, Latife entrou tremendo na sala onde o casamento seria celebrado. Sob os véus, viam-se apenas os grandes e penetrantes olhos negros daquela menina. Ela tinha então 15 anos.

Latife foi levada por um séquito para a sala de celebrações e nada entendia da cerimônia que ali se realizava. Tremia da cabeça aos pés, olhando todas aquelas pessoas, os brilhos, as chamas das tochas, a música. Sentado em um trono de ouro completamente cravejado de pedras preciosas, na parte mais alta da sala, lá estava Abdühamid I, com sua barba já grisalha, olhando fixamente para Latife. *Aquele deve ser o sultão*, pensou ela toda apavorada. De qualquer forma, Latife obedecia às ordens do condutor dos ritos, quem lhe fazia sinais e ordenava quando ela devia aproximar-se do trono.

Finda a cerimônia, os recém-casados retiraram-se para os aposentos do sultão, onde o casamento deveria consumar-se. A sós, Abdühamid chamou Latife para perto de si e começou a tirar-lhe os véus. A cada um deles, Abdühamid extasiava-se com a beleza de Latife. Seus cabelos negros, seus olhos penetrantes, a pele alva e suave. Seios pequenos e perfeitos como nunca tocara antes. Naquela noite, Abdühamid deflorou mais uma virgem de tantas outras que ele tivera em sua vida, mas a beleza de Latife era algo exuberante e que ele nunca houvera visto antes. Nos instantes finais, ao chegar a seu clímax, Abdühamid agarrou os cabelos negros de sua nova esposa, com tal força e paixão que entre seus dedos ficaram fios da longa e negra cabeleira de Latife.

Naquela noite, Latife sentiu a dor e o sofrimento de se tornar mulher. Mas, ao fim de tudo, um toque de prazer também se fez sentir em sua alma.

O dia seguinte

Latife voltou ao harém e deparou-se com as outras mulheres ávidas para saber dos acontecimentos e dos detalhes de sua noite de núpcias. Eram muitas perguntas, muitas risadas, muitas brincadeiras feitas com a nova e jovem esposa. Latife agora começava a entender um pouco das histórias que escutara quando chegou ao harém.

Depois de algumas horas, a vida voltou ao normal. As mulheres retornavam aos seus afazeres. Algumas tocavam, outras costuravam, outras recitavam o Corão. Latife pegou seu estojo de costura e começou a bordar. Um lindo e colorido desenho, com árvores sobre uma colina e um rio ao fundo do vale, serviu como motivo para o trabalho que se iniciava. O desenho lembrava sua vila natal, da qual ela tanto se recordava. Pacientemente, ponto após ponto, Latife avançava no seu trabalho. Não tinha pressa para terminar. Com linhas de seda colorida, cada detalhe do desenho era reproduzido com sua agulha. Linhas verdes para as folhas verdes, linhas branca para bordar a lã das cabras que pastavam na colina, linha amarela para os damascos. Cada coisa com sua cor. Mas para bordar o negro das azeitonas, Latife usou os fios de seu próprio cabelo, aqueles que ela recolhera de sua cama de núpcias, entre os gordos dedos do sultão.

Os meses e anos seguintes

Abdühamid, parecia ter rejuvenescido alguns anos. A alegria se estampava em seu rosto sisudo e fechado. O motivo de tanta alegria era Latife. A jovem esposa, em pouco tempo, tinha se tornado a favorita do sultão. Pese a idade e aos exageros da comida e do narguilé, Abdühamid exigia que Latife estivesse em sua cama quase todas as noites.

Latife, por sua vez, perdia pouco a pouco a inocência de menina do vale e se transformava em mulher. Latife aprendia a cada dia os segredos da alcova e do prazer. Ela própria se transformava. Em pouco tempo aprendeu que em sua força de mulher residia todo o poder que teria sob o sultão.

Abdühamid já não se importava com as tramas políticas e fuxicos da corte. Não se importava que pouco a pouco seu império perdesse territórios e mais territórios. Os seus domínios eram imensos para que ele se preocupasse com pequenas vilas e cidadelas. Não se importava que sua grande inimiga Catarina, a Grande da Rússia, tentasse incansavelmente tomar-lhe importantes províncias. A Crimeia já se fora, outras regiões ainda iriam cair, mas Latife havia enfeitiçado o coração daquele velho homem de tal forma que a única coisa com que ele realmente se importava era ter Latife em sua cama.

Latife pouco a pouco havia se transformado na mulher mais poderosa da corte. Como mulher, fez do sexo sua principal arma e com ela dominava o velho e apaixonado sultão. Não havia no harém mulher que desse mais alegria e prazer ao velho homem. Latife era uma mestra no que fazia na cama.

A corte estava muito diferente depois que Latife se tornara a predileta. Apenas uma coisa não havia mudado.

Latife todas as manhãs, recolhia os fios de seu cabelo na cama do Sultão e com eles continuava pacientemente o bordado de sua colina.

E assim, quase um ano após haver começado o bordado Latife finalmente terminou seu trabalho, e seu bordado transformara-se em uma bela e confortável almofada. Quando ficou pronta, ela a levou para o sultão, que, impressionado pela beleza da almofada, quis ficar com ela em seu quarto. E durante todos os anos que se seguiram, essa almofada foi testemunha calada do que acontecia na alcova do Sultão, entre Abdühamid e Latife.

1789 — Dez anos depois

Latife tinha agora 25 anos. Tornara-se uma mulher magnífica e estava no auge de seu esplendor. Durante todos aqueles anos, tinha sido a preferida do sultão, não só pela beleza resplandecente, mas porque também tinha aprendido todos os segredos e magias do prazer que uma mulher pode proporcionar a um homem na cama.

Abdühamid tinha agora 64 anos e estava completamente alienado do mundo e dos problemas da corte, tal era sua paixão por Latife. E a cada noite que ela era trazida do harém para a alcova, Abdühamid, antes tão forte e vigoroso, tinha de implorar a Latife para que ela não exigisse mais do que seu corpo idoso poderia oferecer. Contudo, Latife ignorava os pedidos do sultão e continuava a provocar e excitar o velho homem com suas carícias e beijos até que seu sultão explodisse em um segundo e em um terceiro gozo. Era um grande e tremendo esforço para um homem naquela idade, mas Latife não se contentava em conseguir menos do que isso. Como uma deusa enlouquecida, Latife entregava-se de corpo e alma à tarefa de obter o prazer de seu sultão.

Os perfumes de Latife que inundavam o quarto, os aromas intensos do incenso e as luzes dos candeeiros criavam uma atmosfera mística de sensualidade e paixão. Latife era felina, animalesca, sedutora, bailarina, acrobata em sua função de satisfazer Abdühamid. E toda essa sensualidade, todos esses aromas e toda essa fantástica magia do amor acontecendo entre Latife e Abdühamid, impregnava-se dia a dia, em uma almofada bordada na cabeceira da alcova real.

Os dias em Topkapi sucediam-se sempre da mesma maneira. Abdühamid enfrentava durante o dia as más notícias que chegavam das várias partes do império, aguardando impaciente a hora de ter Latife em seus braços.

Num certo dia, no entanto, Abdühamid recebeu a pior das notícias que poderia receber. Anos antes, a Crimeia já tinha sido perdida para os exércitos russos quando os turcos foram humilhados e forçados a assinar o tratado de Küçük Kaynarca. Agora, contudo, o grande general russo Potenkim, a mando da Catarina, a Grande, vencera as tropas do sultão e conquistara a cidade portuária de Ochakov ao sul da Ucrânia, no Mar Negro. E isso acontecera apesar de todo o poderio da fortaleza de Özi Kalesi, que defendia aquela cidade. Abdühamid I, o grande sultão, sentiu uma imensa tristeza pelas notícias e uma forte dor no peito se fez sentir exasperante. Com a mão sobre o coração, o sultão foi obrigado a pedir ajuda no caminho para seu quarto.

Humilhado e triste, Abdühamid mandou buscar sua predileta para que ela o confortasse. Latife chegou como sempre. Sensual e perfumada em suas vestes. Dançou para o sultão. Conversaram. Ela subiu em sua cama e começou sua rotina de beijos e carícias enquanto tirava seus véus e as roupas do sultão. Nua e vendo que o velho homem estava excitado e pronto para o amor, Latife subiu em Abdühamid que, deitado de costas sobre a cama, olhava para sua preferida galopando furiosamente o seu corpo. Abdühamid, ao explodir em um forte orgasmo, sentiu de novo uma forte dor no peito e que se irradiou por seu braço. Não havia mais nada a fazer. Um infarto fulminante parou o coração do velho homem. Foi a última vez que Abdühamid possuiu a menina do Adapazari.

Latife não percebeu de imediato o que havia acontecido e por algum tempo continuou cavalgando sobre o homem morto que estava entre suas pernas. Ao dar-se conta do que havia ocorrido, seu grito de horror e de espanto ainda ressoava pelo imenso Topkapi, enquanto guardas invadiam correndo o quarto real.

Dentro da corte, Latife foi considerada culpada pela morte do sultão, foi recolhida e ficou reclusa para sempre no harém e nunca mais se ouviu falar dela.

Os dias seguintes

Os livros de história nunca contaram a história de Latife, mas registraram com detalhes o infarto e morte do sultão do império Otomano, Abdühamid I, no dia que a fortaleza de Özi Kalesi caiu para as mãos do exército russo comandado pelo general Potenkim.

Por uma estranha coincidência, duas grandes mulheres marcaram naquele mesmo dia o grande Sultão Abdühamid I.

Primeiro ele perdeu sua maior fortaleza para Catarina a Grande da Rússia. E, horas mais tarde, perdeu sua vida ao lado, ou melhor, dentro de Latife, a bela pequena menina do vale de Adapazari, que se transformara na maior amante do Império Otomano.

Alguns dias depois, antes que as pompas fúnebres fossem completadas, uma almofada bordada, que durante anos fora a testemunha dos prazeres que Latife proporcionara ao sultão, foi vendida às escondidas por um dos eunucos que cuidavam dos aposentos de Abdühamid I. Sem saber o verdadeiro valor daquela almofada, um mercador que fazia negócios no grande Baazar de Istambul, pagou ao satisfeito eunuco, uma mínima quantia por aquilo que seria apenas mais um dos negócios que faria em sua vida.

O embaixador

Sir William Douglas Hamilton, por coincidência, estava de passagem por Istambul, quando ocorreu a morte do sultão. Sir William, apesar de escocês, era nessa época o embaixador do Império Britânico em Nápoles. Homem de grande cultura, arqueólogo e escritor, pertencia a uma linhagem de nobres diplomatas. Seu pai, *Lord* Archibad Hamilton, fora o governador da Jamaica por muitos anos. Sir William, como gostava de ser chamado, havia programado a viagem a Istambul a fim de estudar ruínas dos templos dos cruzados, pois estava preparando um novo livro, depois do sucesso que havia sido em Londres o seu livro sobre Pompeia. Sir William era um homem meticuloso e racional como convém a todo bom estudioso. Mas era também extremamente solitário.

Sua mulher, Catherine Barlow, morrera sete anos antes, em 1782, sem deixar-lhe filhos. Desde então, e para espantar sua tristeza, Sir William dedicava-se integralmente a sua paixão de estudar civilizações antigas do Mediterrâneo e da Mesopotâmia, mesmo porque aos 60 anos de idade, o único atrativo que ele poderia oferecer a uma mulher, seriam sua fama e seu dinheiro, pensava ele com boa dose de objetividade inglesa.

Depois de acompanhar as pompas fúnebres do sultão, Sir William dedicou-se a visitar as ruínas de Istambul e a procurar antiguidades entre os mercadores que abundavam na cidade. Foi assim que Sir William, andando pelo grande Baazar de Istambul, deparou-se com uma loja que vendia Narguilés, jarros de metal, tapetes e roupas de pele, típicas dos camponeses da região. Nessa loja, jogada em um canto, uma almofada bordada chamou-lhe a atenção. Tinha um desenho campestre interessante, bem característico da região e era de um bom tamanho. Seria um presente ideal para levar à Rainha Maria Carolina, esposa de seu amigo, Rei Ferdinando I de Nápoles, assim que eles o convidassem para um de seus memoráveis jantares no palácio de verão. Começou então uma interminável negociação entre o vendedor e o embaixador, que se recusava a aceitar o preço inicialmente pedido. Quando o preço chegou a menos de um terço do valor pedido, Sir William concordou em pagar. Era uma quantia ridícula para os padrões de Londres, mas, mesmo assim, o mercador recebeu muitas e muitas vezes o valor que poucos dias antes pagara ao Eunuco. Ambos ficaram satisfeitos.

Sir William pediu ao seu criado Walter para guardar a almofada na bagagem. E assim, dentro de um baú, a almofada de Latife seguiria em direção a Nápoles.

1790 — Nápoles

Ao chegarem de volta a Nápoles, muita coisa havia por ser feita. Arrumar as centenas de peças compradas, rever anotações, atualizar as correspondências. Por sorte, Sir William, antes de viajar, pedira a seu sobrinho em Londres, Charles Francis Greville, que lhe devia muitos favores para que contratasse uma boa criada inglesa, pois já estava cansado das espalhafatosas mulheres napolitanas, sempre gritando e esbravejando pela casa.

Não foi assim sem surpresa que, ao chegar à vila napolitana, encontrou a sua espera Emma Hamilton, a tal criada que pedira a Charles. E foi uma grata surpresa. Emma era de uma beleza estonteante, meiga, amável e extremante gentil. Na adolescência, tal beleza lhe fora perversa. Aos quinze anos engravidara de um nobre inglês, de quem teve uma filha. Depois, abandonada por sua família, encontrou trabalho e abrigo em casas de ricos membros da realeza, onde, muitas vezes, prestava aos seus patrões serviços que iam muito além das obrigações de uma simples criada.

Emma conhecera Charles quando este fora a um jogo de cartas na casa aonde então trabalhava. Charles ficou impressionado com a beleza de Emma e não precisou de muito tempo para que ficassem mais do que amigos. Logo depois, ele a convidou para o trabalho em Nápoles e ela aceitou pelo dinheiro e pela aventura.

Nos dias que se seguiram em Nápoles, Emma dedicou-se a arrumar os tantos baús que Sir William trouxera de Istambul. Cuidadosamente, levou as peças de metal e as estatuetas gregas para o depósito, arrumou os tapetes Kilim elegantemente pelas salas, as roupas foram limpas e passadas, e uma almofada bordada teve como destino o quarto de Sir William.

Dia após dia, Sir William sentia-se diferente com a presença de Emma e com sua graça e leveza. Certa vez, ele a viu de longe dançando sozinha no pátio, como se brincasse com amigos imaginários, e ele se pegou sorrindo como há muito tempo não fazia.

Em uma noite de chuva, já nos últimos dias do ano, Sir William pediu a Emma um chá. Estava frio em Nápoles e ele queria recolher-se cedo. Emma preparou uma infusão quente e a levou até o quarto. A lareira já estava acesa e Emma aproveitou para por mais lenha. Sir William, sentado, admirava a cena daquela bela jovem, agachada, delicadamente colocando toras ao fogo. As chamas tremulantes faziam sombras dançantes sobre o corpo de Emma. Aquela penumbra tinha um toque poético, e memórias de velhos e bons tempos lhe vieram à tona. Quando terminou de arrumar o fogo, Emma levantou-se e caminhou em direção a porta. Contudo, ao passar ao lado de Sir William, ele a segurou pelo braço e no instante seguinte abraçaram-se e os instintos falaram mais alto. Emma despertara no velho homem sentimentos há muito esquecidos, dando-lhe energias e inspirando-lhe o desejo de ter aquela mulher em sua cama.

Como convinha a um nobre inglês, ele não tirou toda a roupa, mas descobriu-se apenas o suficiente para poder penetrar Emma e sentir um prazer imenso, como ele nunca imaginou ser possível. E Emma retribuiu calorosamente, dando a Sir William o carinho e o afeto que ele nunca tivera em toda sua vida.

Daquela noite em diante, Emma deixou de ser a criada, para se deitar todas as noites na cama de William. Emma era a amante e a companheira que ele nunca tivera. E, calada num canto, uma almofada bordada, parecia inspirar e vibrar com a mesma intensidade dos dois amantes.

1791 — Londres

No verão de 1791, Sir William foi chamado a Londres para tratar de assuntos do império. Além disso, ele estava negociando com o Museu Britânico a venda de sua coleção de antiguidades gregas. Afinal, ele passara boa parte de sua vida recolhendo-as, cuidando delas, e, agora, ao chegar próximo do fim da vida, já não lhe teriam nenhuma utilidade. *Melhor seria que a Inglaterra pudesse aproveitar-se de seu tesouro* — pensava ele.

A viagem de Nápoles para Londres fora cansativa, mas a presença de Emma ao seu lado a tornara mais fácil de suportar. Emma, no esplendor de seus 26 anos, era uma companheira maravilhosa. E extremamente ardorosa. Sir William sentia o peso da idade e preocupava-se com sua capacidade de satisfazer sua amante.

Emma, por sua vez, era de uma alegria contagiante. Sua beleza, sagacidade e a forma com que dançava haviam deixado uma impressão de espanto na nobreza londrina. Comentava-se nos círculos da alta roda que ela dançava nua todas as noites para Sir William, o que era um total absurdo para os padrões de moralidade da época.

Mesmo assim, e apesar de todos os comentários maldosos que choviam na capital do império, Sir William pediu

Emma em casamento e em 6 de setembro de 1791, oficializaram a união em Londres, na Igreja Anglicana de St. Georges em Hanover Square. Algumas semanas depois eles voltariam para Nápoles.

1793 — Dois anos em Nápoles

Emma aproveitava Nápoles como ninguém. Aproveitava o calor, os dias ensolarados, dançava para si mesma, para William e seus convidados nas muitas festas que ela promovia. Se era certo que dançava nua para seu marido, isso nunca se comprovou, mas, sim, era verdade que ela vestia roupas diáfanas e transparentes para encantar e assombrar seus convidados, que assistiam mudos a seus espetáculos de dança, sob o olhar concordante do marido. William estava enfeitiçado por aquela mulher, suas peripécias na cama e fora dela.

Graças à posição de Sir William, Emma e a Rainha Maria Carolina de Nápoles, tornaram-se grandes amigas e confidentes. Emma, apesar de toda sua excentricidade e seu comportamento destoante, tinha livre trânsito na aristocracia napolitana.

Uma das missões de Sir William como embaixador era manter o reino de Nápoles aliado dos ingleses, não só para garantir os interesses britânicos na região, mas principalmente para dar apoio à armada inglesa no Mediterrâneo, em sua guerra contra a frota de Napoleão.

Foi assim que, em 1793, um oficial da marinha britânica aportou em Nápoles. Vinha com a frota buscar suprimentos e munições para as batalhas contra a esquadra francesa que logo ocorreriam no Mediterrâneo. Esse oficial tinha 35 anos, e era cheio de vigor e energia. Chamava-se Horatio Nelson.

Sir William pediu a Emma para organizar uma recepção aos ilustres oficiais marinheiros de sua majestade, o que ela faz com alegria. De noite, na cama, Emma contou a William os detalhes da festa que ela tinha em mente. William concordou, cansado pelo ardor com que Emma se dedicava a ele e logo adormeceu exausto. Emma olhou para a almofada encostada aos pés da cama. Algo naquela almofada lhe atraía. Olhando-a, ela se lembrou de uma pequena boneca de pano que sua avó lhe dera quando criança e que com a qual, durante muitos anos dormira abraçada, trazendo-lhe tranquilidade e felicidade. Emma abraçou a almofada, respirou fundo e pode sentir um intenso aroma de incenso. Aquilo lhe penetrava a alma e lhe trazia muito prazer. Uma estranha sensação percorreu seu corpo e um enorme desejo de fazer amor com o homem que estava a seu lado aflorou em seu ser. E assim, Emma acordou William com seus beijos até que suas carícias o deixaram pronto para penetrá-la novamente.

Nelson & Emma

Nelson, junto aos demais oficiais da esquadra britânica aportados em Nápoles, todos em seus uniformes de gala, perfilaram-se diante de Sir William Hamilton, embaixador do Império Britânico, e de sua esposa Emma, em sinal de respeito e agradecimento.

Nelson já se sobressaía entre os demais marujos devido ao seu carisma, determinação e liderança em sua embarcação. Tinha um magnetismo quase selvagem e sua postura destacava-se em qualquer ambiente.

Pelas relações de Emma com a rainha Maria Carolina, praticamente toda a nobreza napolitana estava presente naquela noite. E eles não puderam deixar de admirar a beleza da festa. Acrobatas, palhaços e músicos desfilavam incansavelmente divertindo os convidados. Os vinhos e comidas eram abundantes e refletiam o espírito da região.

Emma ficara impressionada com Nelson. E Nelson com Emma. Em dado momento da festa, os dois ficaram a sós e conversaram por um bom tempo. Emma convidou-o então para que ele a acompanhasse a visitar a vila, conhecer as obras de arte e a coleção de estátuas gregas de Sir William. Os dois caminharam lado a lado pela casa, visitando os diversos salões. A conversa era alegre e interessante. E divertida. Pelos corredores da casa os dois seguiram juntos até os aposentos dela e de Sir William. Dentro do amplo cômodo, poucos instantes depois, os dois, trocavam abraços e beijos até que, sem poder conter a chama da paixão que os dominava, fizeram sexo alucinadamente. Um forte cheiro de incenso tomou conta do quarto enquanto os dois se envolviam na cama. A almofada de Latife mais uma vez estava presente.

Naquela noite, Emma não dançou como havia planejado. Não usou suas vestes transparentes para insinuar seu corpo perfeito aos convidados. E também não se deitou com William como fazia sempre. Depois que os convidados foram embora Emma pegou sua almofada, a almofada de Latife e, abraçada a ela, foi se deitar na varanda, sob o céu estrelado de verão de Nápoles.

A frota inglesa permaneceu por vários dias ancorada na baía de Nápoles. E durante todo esse tempo, Nelson e Emma encontraram-se quase todos os dias para fazer o que os amantes fazem. A grande vila de Sir William era o cenário ideal para aquela paixão. Emma preparou um quarto pequeno, escondido de olhares mais atentos, na parte de trás da vila. Ali podia receber Nelson discretamente. Levou para lá suas coisas favoritas. E, assim, todos os dias, ao cair da tarde, sob a luz pálida do fim do dia, Emma e Nelson desfrutavam de algumas horas juntos.

Emma e Nelson tratavam de esconder sua relação da melhor forma que podiam e ficavam atentos aos passos e olhares dos criados da vila. Mas o que ambos nunca perceberam foi o olhar complacente de Sir William vendo os dois amantes entrarem escondidos naquele pequeno quarto, nas tardes ensolaradas de Nápoles.

Os cinco anos seguintes

Após a partida de Nelson, Emma voltou a viver sua vida como de costume. Visitas à rainha, festas e grandes passeios com amigos pelas pequenas e aconchegantes cidades da costa amalfitana. Além disso, ela se divertia e se dedicava a provocar e excitar Sir William durante a noite. Este, cansado e envelhecido, já não se importava com as loucuras de sua mulher e a tudo aceitava com a sabedoria e maturidade que só os anos trazem.

Depois da temporada no pequeno quarto dos fundos, a almofada de Latife havia voltado para o mesmo lugar que estivera por tanto tempo. Com ela, voltaram o perfume de incenso e as noites de prazer para Sir William.

Enquanto isso, complexas batalhas navais sucediam-se nos mares do mundo. As notícias chegavam aos poucos e a fama de Nelson crescia com as histórias que eram contadas sobre suas façanhas.

Em 1794, vinte e cinco naves da frota inglesa enfrentaram vinte e seis navios franceses que haviam partido do porto de Brest para defender um comboio de suprimentos que vinha da América em apoio a Napoleão. Sete navios franceses foram afundados, sem nenhuma perda inglesa. Nelson estava a bordo do *HMS Vanguard*, que mais tarde viria ser sua nave capitania.

Em 1797, Nelson já ostentava o título de comodoro e, a bordo do *HMS Captain*, comandando quinze navios, atacou uma flotilha espanhola com vinte e sete naus, estabelecendo, graças a suas decisões rápidas de manobras, uma vitória expressiva sobre os seus inimigos. Nelson foi então promovido a almirante.

Finalmente, em 1798, ao perseguir a frota de Napoleão que seguia em direção ao Nilo, surpreendeu os dezoito barcos franceses na baía de Aboukir. A Batalha do Nilo, conforme ficou conhecida na História, começou às 18 horas, e a troca intensa de tiros prolongou-se por toda a noite. E pela manhã, treze barcos franceses tinham sido destruídos. A Batalha do Nilo tornou-se um marco da história naval, pela ousadia e táticas que Nelson impusera. Assim o almirante tornava-se uma lenda viva.

Nelson, em pé na ponte de comando do *HMS Vanguard*, observava com sua luneta os destroços flutuantes de seus inimigos, enquanto a tripulação festejava a grande vitória entre os gritos de júbilo e os gemidos de dor dos feridos. Seu imediato aproximou-se e perguntou o que fariam agora que a frota de Napoleão estava derrotada.

Vamos rumo a Nápoles, meu caro — disse Nelson. — É o único lugar onde poderei ter um pouco de paz — pensou solitário o grande almirante.

1798 — Novamente Nápoles

Nelson aportou de volta a Nápoles antes de completar 40 anos de idade. Embora fosse o maior herói naval de todos os tempos, os cinco anos de batalhas no mar haviam cobrado um preço elevado. Nelson perdera um braço, seus dentes haviam caído, mancava em consequência dos ferimentos, mas, apesar disso, mantinha a força e a personalidade que o haviam transformado em um grande líder. Assim que desembarcou, Nelson saiu à procura de Emma.

Ao vê-lo naquele estado, Emma não suportou a emoção e desmaiou amparada por um Nelson cambaleante. Contudo, sob o sol de Nápoles e com os cuidados de Emma, a saúde de Nelson melhorou e em pouco tempo o quarto escondido no fundo da Villa estava novamente pronto para os encontros dos dois amantes.

Para celebrar os 40 anos do almirante, Emma preparou uma festa que ficou na memória de Nápoles por muitos e muitos anos. Mais de 1.800 pessoas foram convidadas para a Villa a fim de celebrar os feitos e o aniversário do grande herói naval inglês. Próximo ao dia da celebração, Nelson mudou-se definitivamente para o quarto escondido, onde todas as tardes ele se encontrava com Emma para celebrar o amor que havia entre eles.

Sir William, do alto de sua nobreza e sapiência, condescendia com os fatos, pois para ele, já avançado nos anos, era muito difícil satisfazer os desejos carnais de sua esposa. Ela lhe dera anos maravilhosos na cama. Agora, já quase impotente, restava-lhe apenas o conforto de saber que sua esposa estava nos braços do maior herói vivo da Inglaterra. Havia, portanto, um acordo mútuo de respeito e admiração entre Sir William e Nelson e uma concordância, não explícita, de que essa situação era satisfatória e cômoda para todos.

Durante toda a temporada em que Nelson ficou na Villa, aos pés de sua cama estava uma almofada bordada, que, além de testemunha silenciosa, inspirava com seus aromas de incenso oriental as tardes de amor entre Emma e Nelson.

1800 — Norfolk e a última batalha

Em 1800 Sir William Hamilton e sua mulher Emma voltaram para Merton Place, a fazenda dos Hamiltons, em Norfolk, Inglaterra. A mudança dos pertences da família levou meses e foram necessárias várias viagens para trazer todas as obras de arte que Sir William colecionara durante seus anos como embaixador. Infelizmente, o navio que trazia a sua segunda coleção de estátuas gregas perdeu-se e naufragou em algum ponto do Mediterrâneo.

Nelson continuava sua vida no mar. A esquadra de Napoleão fora vencida, mas a armada espanhola era agora a maior fonte de preocupação dos britânicos. Mesmo passando longas temporadas no mar, Nelson sempre voltava à Inglaterra e passava a maior parte de seu tempo com Emma, na fazenda de Norfolk. O quarto de Nelson na fazenda tinha os mesmos móveis que o quarto que ele usara na Villa de Nápoles. E a mesma almofada enfeitava sua cama.

Não era de se estranhar, portanto, que as visitas de Nelson a Emma, fossem repletas de tardes de paixão e ardor. O resultado desses encontros não poderia resultar em outra coisa que não uma gravidez. E assim, em 1801, nascia Horatia Nelson Thompson, na fazenda de Merton Place em Norfolk. A relação entre os dois amantes, embora contrariando todos os paradigmas da época, era algo que eles já não mais escondiam, até que em 1803, com a morte de Sir William, Emma e Nelson foram viver juntos, definitivamente, em uma pequena casa ao sul de Londres.

Nessa pequena casa, Emma e Nelson viveram pouco tempo juntos, pois, em 1805, quando a esquadra inglesa derrotou definitivamente a invencível armada espanhola na Batalha de Trafalgar, Nelson morreu em combate. Era meio-dia de 21 de outubro. No mesmo instante, Emma teve um pressentimento e correu para seu quarto. Abraçou-se a sua almofada e chorou copiosamente. enquanto um cheiro de incenso se fazia sentir em todo o quarto. Desde então, e até os dias de hoje, todos os anos, em 21 de outubro, precisamente ao meio-dia, todo e qualquer barco de bandeira inglesa toca seu sino de comando em respeito à memória de Nelson.

Emma, sem William e sem Nelson, entregou-se a uma profunda tristeza e tornou-se alcoólatra. Sem os recursos de William, Emma foi vendendo os poucos bens que possuía para poder alimentar-se e manter o vício. O governo inglês, apesar das cartas de instrução que Nelson havia escrito para isso, não a reconheceu como herdeira do grande almirante e negou-se a prestar-lhe apoio e ajuda.

Agarrada a sua almofada, Emma passou a vagar pela Inglaterra, de condado em condado, até cruzar o Canal da Mancha em direção a Callais. Afundada na bebida, ela era agora um fantasma, uma triste sombra da estonteante beleza que seduzira Sir William e Lorde Nelson. Em Callais, Emma viveu seus dias desfazendo-se das últimas coisas que ainda possuía em troca de comida e bebida. A almofada que, por toda vida estivera em seu leito, era agora seu último bem e, nas noites solitárias, seu único apego. Emma passava as noites abraçadas a ela. Mas vencida pela fome e pelo vício, ela se desfez de seu último bem. Um velho soldado das tropas de Napoleão que combatera na campanha da Rússia, ofereceu-lhe uma garrafa de vinho barato em troca da almofada. Mas ela não chegou a beber daquele vinho infame. Morreu algumas horas depois, vencida pela tristeza e melancolia. Era o ano de 1815.

E foi assim que a almofada de Latife chegou à França, onde iria participar ativamente dos momentos mais importantes da história da Europa naquele século.

1815 — Napoleão

Napoleão acordou bem disposto naquela manhã de 26 de fevereiro de 1815, na Ilha de Elba. Apesar de pleno inverno, o sol do Mediterrâneo inundava de luz e energia a pequena ilha, não muito distante da costa toscana da Itália. Os dias de exílio de Napoleão em Elba, apesar de todos os percalços, eram agradáveis. No ano anterior, a aliança formada entre os ingleses, russos, prussianos e austríacos ocupou Paris em 31 de março e pelo Tratado de Fointainebleau. Napoleão foi forçado a abidicar de seu título de imperador dos franceses e foi condenado ao exílio na pequena ilha.

No entanto, Napoleão preocupava-se com a França e com seu filho que estava nas mãos dos austríacos. Rumores de sua iminente deportação para uma ilha no meio do Atlântico eram cada vez mais frequentes. Napoleão ansiava por voltar ao continente.

Naquele dia, como fazia sempre desde que estava em Elba, Napoleão levantou-se e deveria passar a maior parte do dia entre suas leituras e a escrever cartas e documentos. Eram suas atividades diárias e nem os criados nem os guardas que deviam vigiá-lo notaram que havia algo de diferente no ar. E foi apenas quando o jantar estava pronto para ser servido é que todos se deram conta de que Napoleão havia desaparecido. O grande Napoleão, o vitorioso estrategista, tinha outros planos em mente além de passar o resto de seus dias exilado na pequena e ensolarada Elba.

Assim, quatro dias depois, em 1 de março de 1815, Napoleão desembarcou em Marseilles. Através de seus contatos, reuniu 1.100 homens de sua confiança e partiu com essa pífia tropa rumo a Paris para retomar o seu trono. Luis XVIII, que governava a França, despachou o 5º regimento do exército real para capturar Napoleão Bonaparte. As duas forças se encontraram no caminho. A tensão no ar era imensa. Napoleão desceu de seu cavalo e se aproximou da tropa que viera capturá-lo. Os oficiais hesitaram. Napoleão abriu seu casaco, expôs seu peito desarmado e gritou aos homens:

— Soldados, vocês me reconhecem? Se existe alguém entre vocês que queira matar seu imperador, aqui estou eu!

Armas foram depostas e os gritos de "Viva o Imperador!" surgiram e ecoaram entre todos os soldados. Eles se abraçaram e se regozijaram por ter de volta seu grande líder. As tropas que haviam vindo para capturá-lo mudaram de posição e marcharam agora ao seu lado, juntando-se a ele para tomar Paris. As notícias se alastraram furiosamente pelos campos e montanhas com a força incendiária da paixão dos combatentes. Soldados de toda parte, seus antigos comandados nas grandes campanhas, partiram para se juntar a ele. Um fervor nacionalista nunca antes visto, tomou conta da França.

Em 20 de março, Napoleão finalmente chegou a Paris. Seu exército de 1.100 companheiros havia crescido para 350 mil soldados em poucos dias. De toda a França, homens correram para servir voluntariamente ao seu imperador. Entre eles, um velho sargento da campanha russa, vindo de Callais, trazendo amarrado no dorso de sua montaria uma almofada bordada.

Os cem dias

Napoleão, em triunfo, e com o apoio de seu povo, retomou o comando da França. As homenagens se sucederam bem como os brindes e as festas. Mulheres queriam tê-lo em suas camas. Homens desfaziam-se em ofertas e elogios. Mas nada dessa pompa lhe interessava mais. Desde sua coroação como imperador da França, feita pelo próprio Papa na catedral de Notre-Dame, nenhuma outra honraria lhe era relevante. Ainda mais agora, que o grande amor de sua vida, Josephina, tinha morrido de tifo poucos meses antes. O único objetivo de

Napoleão era reconquistar seu poder derrotando seus inimigos no campo de batalha.

Napoleão passou seus dias preparando suas tropas. Ele tinha pressa. Sabia que precisava consolidar seu poder rapidamente. A aliança que o havia deposto em Fontainebleau movimentava-se para impedir que Napoleão ressurgisse. Por toda a França, velhos companheiros de batalhas reuniam-se em seus antigos batalhões. O espírito e moral das tropas eram altos e o fervor por Napoleão aumentava entre as fileiras. O grande general sabia muito bem como isso era importante e todos os dias ele visitava seus homens e lhes dirigia palavras de apoio e encorajamento.

Napoleão sabia que devia vencer os ingleses e o general Wellesley seria seu grande oponente. As tropas da Aliança preparam-se na Bélgica para invadir a França. Napoleão planejava movimentar seus homens para enfrentá-los por lá. Os batalhões foram preparados e Napoleão seguiu com seus homens.

À noite, nos acampamentos, Napoleão era um homem solitário e se deliciava com as canções que seus soldados cantavam para passar o tempo. Em uma dessas ocasiões, Napoleão decidiu caminhar entre as tropas que dormiam em campo aberto. Muitas fogueiras iluminavam a noite. Diante da figura imponente do grande líder, os homens, em respeito, calavam-se quando ele passava entre as fileiras. De repente, do nada, um velho sargento levantou-se e ofereceu a Napoleão um presente. Uma almofada bordada. Napoleão agradeceu. Sabia como era importante aceitar aquele presente. Ao fazê-lo, fez seus homens sentirem que ele era também um soldado, tão igual a todos os demais e que estaria sempre ao lado deles. Napoleão abraçou o velho companheiro de combates enquanto os demais soldados explodiam em gritos de alegria e felicidade.

Apesar das preocupações pelos combates que se anteviam no horizonte, naquela noite, Napoleão dormiu tranquilo com a cabeça repousada na almofada bordada, inebriado pelos aromas de incensos e perfumes que dela exalavam. Naquela noite de 15 de junho, Napoleão sonhou com Josephina e se lembrou dos anos de felicidade e paixão que haviam passado juntos no Chateaux de Malmaison, bem próximo de Paris, mas muito distante das trivialidades da corte. Lá Napoleão e Josephina viveram anos de paixão incandescente, acompanhados tão somente de uns poucos criados e dos muitos animais exóticos que Josephina mantinha nos imensos jardins do palácio.

Os dias seguintes foram decisivos. Em 16 de junho, começaram os primeiros entreveros entre os aliados e Napoleão. As primeiras batalhas, de Quatre Bras e de Ligny, foram um sucesso para as tropas francesas e atingiram o objetivo maior da estratégia de Napoleão de dividir os aliados em blocos menores. No entanto, no dia seguinte, ordens ambíguas e confusas entre Napoleão e seu marechal Grouchy criaram desordem nas tropas. Alem disso, Grouchy não gostava de acordar cedo e deixou de cumprir as ordens que tinha de Napoleão para iniciar a perseguição aos exércitos prussianos logo ao alvorecer. Em consequência desses erros, os aliados se reorganizaram e retomaram várias posições. Receberam reforços e, no dia 18 de junho, iniciou-se a decisiva batalha de Waterloo. As rusgas começaram com canhões disparando tiros distantes e às 13h30, Napoleão ordenou ao marechal Ney, um ataque frontal às tropas inglesas de Wellesley. Foi a parte mais feroz e violenta de toda as guerras napoleônicas. Hordas de 5 mil cavaleiros atacando em sucessivas ondas as tropas aliadas e por elas sendo repelidas a tiros de canhão à queima roupa. O cheiro de pólvora, fuligem e morte tomava conta do campo de batalha, enquanto gritos de dor se misturavam ao tropel dos cavalos, tiros de baionetas e ao soar dos clarins de guerra. No meio da tarde, os combates estavam em seu ponto mais crítico, quando inesperadamente Napoleão se ausentou do campo de batalha e voltou para a sua tenda no acampamento de comando. O marechal Ney, confuso e sem a orientação de Napoleão, deu ordens equivocadas e, Wellesley, aproveitando os erros dos franceses, avançou sobre eles.

O que nunca se soube explicar é porque Napoleão abandonou a maior batalha de sua vida. O fato é que Napoleão, há alguns dias, já não era mais o mesmo homem de antes. Desde a noite em que ele sonhara com Josephina, ela não lhe saía dos pensamentos. Ele voltou a seu acampamento profundamente triste. A guerra já não fazia sentido. Napoleão, deitado em seu catre, encostou a cabeça na almofada que seu soldado lhe dera noites atrás e chorou pensando em Josephina. Aquela almofada tinha o cheiro de sua amada.

Quando Wellesley, vitorioso, entrou no acampamento de Napoleão, eram 9 horas da noite. Napoleão havia conseguido escapar. Na sua pressa de procurar refúgio, Napoleão deixara sobre o catre de trincheira, o seu último presente, a almofada bordada. Wellesley procurou documentos, papéis e pertences de seu opositor. Mas como era um cavalheiro, jamais admitiria pilhar os espólios do vencido. Queria apenas levar para si uma pequena recordação daquele dia. Uma lembrança da vitória para guardar em sua casa em Londres. A almofada bordada foi o único troféu que Wellesley levou para a Inglaterra.

Napoleão foi posteriormente capturado e enviado ao exílio até sua morte na ilha de Santa Helena, longe de tudo e de todos. Encerrava-se na deportação o que ficou conhecido como os 100 dias de Napoleão. Cem dias desde que ele voltara da ilha de Elba até sua deportação. Napoleão Bonaparte morreu no ano de 1821 entre alguns servos fiéis que o acompanharam no exílio final a Santa Helena. Foram eles que registraram no momento de sua morte as suas últimas palavras: A França, o Exército, Josephina...

Wellington

Pelas suas vitórias contra Napoleão, Arthur Wellesley, recebeu o título de duque de Wellington, nome pelo qual ficou eternamente conhecido. Coberto de honras e de glórias, voltou à Inglaterra. Depois de alguns anos servindo o exército de forma brilhante, a vida política seria o caminho natural de sua carreira. Em 1819, ele se tornou o Mestre Geral de Ordenança do Exército. Em 1827, seu comandante-chefe. E em 1828 ele é eleito primeiro-ministro da Inglaterra.

As memórias das guerras napoleônicas resumiam-se a alguns baús guardados em sua propriedade, com velhas armas, uniformes e outras poucas lembranças. Durante anos, elas ficaram trancadas como que em respeitoso silêncio às milhares de vidas que foram ceifadas nos campos de batalhas.

Apesar de ser extremamente conservador, Wellington era um ferrenho defensor dos direitos civis, principalmente os que se referiam à emancipação dos católicos. Naquela época, os católicos tinham direitos limitados na Inglaterra. Wellington enfrentou uma enorme oposição da maioria conservadora protestante e, entre eles, lorde Winchilsea o acusou publicamente de tramar a destruição da constituição protestante. Wellington reagiu de imediato e desafiou o lorde para um duelo à pistola.

Nos dias que precedem ao duelo, Wellington retirou-se para a sua propriedade no campo. Como bom militar, excelente planejador, ele queria estar preparado para o desafio. Foi em busca de suas armas preferidas, entre elas a arma que havia carregado em sua cintura, durante a batalha decisiva contra Napoleão. Buscou entre os baús guardados, até achar sua velha pistola, dentro de uma caixa de madeira. No mesmo baú, Wellington encontrou a almofada bordada, a única relíquia que ele trouxera de Waterloo.

Aquela almofada exerceu sobre ele uma estranha atração. Talvez pelo cheiro de incenso que dela exalava, ou pelo curioso desenho que lembrava um vale pastoril em algum lugar do Mediterrâneo. Wellington, como sempre, um homem muito prático e objetivo, perguntava-se por que Napoleão usava uma almofada tão feminina e delicada em seu quartel general de campanha. Sem resposta que lhe convencesse, deixou a almofada sobre sua escrivaninha, enquanto, com precisão e esmero, dedicou-se a limpar e polir sua pistola de duelo.

As luzes fracas das velas limitavam a habilidade do duque em prosseguir seu meticuloso trabalho com a pistola, e o cansaço do dia, finalmente venceram Wellington, que adormeceu sobre a escrivaninha. Segurando na mão direita a pistola, com o corpo dobrado sobre a mesa, Wellington dormiu profundamente com a cabeça apoiada sobre a almofada bordada.

Naquela noite, ele sonhou sonhos que jamais tivera. Uma bela jovem lhe apareceu, correndo sobre campos floridos pela primavera, sob um sol radiante e intenso. Uma música exótica embalava os passos da jovem, que o convidava, com gestos de mão, para andar com ele por aqueles lugares. Wellington se via correndo para alcançar a jovem e, ao conseguir, abraçavam-se e rolavam pela verde grama do campo. Uma sensação de paz e sensualidade invadia seu espírito e ele mergulhou totalmente naquela jornada imaginária.

Wellington acordou assustado pelos acontecimentos em seus sonhos. Mas ao mesmo tempo sentia-se rejuvenescido pelas sensações que inundavam seu ser. Ele se levantou, procurou sua capa de batalha, guardou a pistola na caixa e chamou seu ajudante de ordens. Mandou preparar a carruagem para levá-lo ao campo de honra. Ao retornar o olhar para a escrivaninha, deparou-se com a almofada sobre a mesa e entendeu o porquê Napoleão estava com ela em Waterloo. Antes de sair para encontrar o seu destino, Wellington recolheu a almofada e a levou consigo para a carruagem.

Naquele 21 de março de 1829, Wellington e lorde Winchilsea encontraram-se nas primeiras horas da manhã no campo de honra de Battersea. Deveriam resolver suas diferenças naquele duelo. Feitas as recomendações aos duelantes, os padrinhos pediram que as armas fossem trazidas. O criado de Wellington trouxe sobre os braços estendidos, uma almofada bordada e sobre ela uma caixa de madeira. Dentro da caixa, a pistola. Ambos os homens pegaram suas armas e afastaram-se vários passos, seguindo as regras que regiam o duelo entre cavalheiros.

Wellington deu uma meia volta e apontou sua arma para lorde Winchilsea. Nesse exato momento um intenso aroma de incenso lhe penetrou os sentidos e ele sentiu uma jovem diáfana que se aproximava dele, correndo pelo campo e que desvia seu braço em direção ao bosque próximo. Wellington fez então o seu disparo para o nada. E como se impunha a um nobre inglês, sem perda de tempo ou hesitação, com um passo a frente, ele ofereceu seu peito a seu oponente. Lorde Winchilsea apontou sua arma para Wellington por intermináveis segundos, e em seguida moveu seu braço para o alto e disparou em direção ao céu. Os dois cavalheiros cumpriam assim os seus destinos. As notícias rapidamente chegaram a Londres e a emoção tomou conta do povo e dos políticos no parlamento.

Lorde Winchilsea escreveu a Wellington desculpando-se veementemente pelas acusações feitas, e Wellington submeteu ao parlamento o Ato de Emancipação Católica, o qual foi aprovado por esmagadora maioria. A partir daquele fato, católicos e protestantes teriam os mesmos direitos na Inglaterra, graças aos sonhos que Wellington tivera com uma jovem diáfana, nascida do âmago de uma almofada bordada.

Depois desse dia, a almofada bordada acompanhou Wellington em todas as suas viagens pela Inglaterra e pelo mundo e não houve decisão importante que ele tomasse sem antes meditar pensativo junto a ela.

Em 1834, Wellington declinou de sua segunda nomeação para primeiro-ministro e assumiu o cargo de ministro de

Relações Exteriores. Sua missão inicial o levou a viajar até a França. E assim a almofada bordada retornou a Paris.

Em Paris, Wellington participou de várias solenidades e festas e acabou por conhecer Judith van Hard, uma jovem judia de origem holandesa, dona de uma enorme vivacidade e alegria. Judith tinha um apelido, Youle, pelo qual era mais conhecida. Em função dos tórridos romances e aventuras com nobres e personagens ilustres de Paris, dizia-se que ela enfeitiçava os homens que frequentavam sua alcova e que dançava nua para os convidados de suas festas. Enfim, boatos sobre Youle era o que não faltavam.

Como perfeito cavalheiro inglês, Wellington era contido, moderado e dono de uma enorme rigidez de caráter. No entanto, ele se sentiu atraído pela jovem Youle e, nas semanas que permaneceu em Paris, a moça passou a frequentar seu quarto. Embora estivesse com 72 anos, Wellington se comportou como um jovem apaixonado e Youle dedicou a ele especial atenção, oferecendo a Wellington prazeres que ele jamais tivera em toda sua vida.

Testemunha calada de tudo o que acontecia entre as quatro paredes do quarto de Wellington, lá estava a almofada bordada, aromática, perfumada, inspirando Youle em suas fogosas carícias ao duque.

Wellington pensou em levar Youle para Londres, mas sabia que em plena época vitoriana, rígida em matéria de costumes e de comportamento, aquilo seria um escândalo inadmissível. Youle tinha também outros planos e não queria ir à Inglaterra. A partida foi dolorosa para Wellington e no instante da despedida, ele, como perfeito *gentleman*, deu a Youle a almofada bordada como presente de eterna gratidão.

Youle

Após a partida de Wellington, a jovem Youle conquistou definitivamente Paris, com sua alegria e, principalmente, conquistou também os mais importantes homens da corte pela sua fogosidade na cama. Em pouco tempo, a jovem cortesã estabeleceu seus vínculos e criou sua teia de amigos que lhe abriram as portas mais difíceis.

A França agora era governada por Louis-Philippe, o Rei Cidadão. A corte, depois de tantos problemas, resquícios das guerras napoleônicas, voltava a ter o brilho de outras épocas. E com tantas amizades importantes e tantos conhecimentos, Youle se tornou uma frequentadora habitual do palácio real. Em pouco tempo, aproximou-se da rainha Maria Amália, que fez dela sua confidente. Quis o destino que essas duas mulheres, uma nobre, a outra cortesã, se tornassem grandes amigas. Repetia-se assim a sólida amizade entre Maria Carolina, rainha de Nápoles e Emma Hamilton, amante de Nelson. Mas o destino tinha mais coincidências sob suas mangas. Maria Amélia era filha de Maria Carolina. E Youle era agora a dona da almofada bordada que fora de Emma. E as duas tinham a fama de dançarem nuas para seus amantes.

Em 1843, a rainha Maria Amélia apresentou Youle a Eduard Bernard, um jovem e promissor advogado que começava a frequentar a corte. A atração entre os dois foi imediata e Youle tornou-se amante de Eduard. As noites de paixão entre os dois sucederam-se alucinadamente, sob as vistas e comentários de toda a corte de Paris e inspiradas pelos aromas sensuais de certa almofada.

Como resultado de toda essa paixão, em 22 de outubro de 1844, quase dez meses após Youle ter conhecido Eduard, nasceu uma linda menina que, mesmo tendo sido fruto de um ventre judeu, foi batizada com o nome de Henriette Rosine Bernard. Alguns anos mais tarde, Henriette seria reconhecida por seu grande talento dramático e efusivamente aplaudida pelos palcos do mundo com o nome artístico de Sarah Bernhardt.

Sarah Bernhardt

A vida agitada e liberal de Youle não permitia que a menina Sarah morasse com ela e, assim, acabou sendo internada em um convento católico onde estudou durante toda sua infância. Desde cedo, a jovem menina já demonstrava extrema precocidade e especiais pendores para as artes cênicas. Sarah passava as férias com a mãe e, pôde observar e aprender muito com o comportamento de Youle e com os muitos homens que frequentavam a casa materna.

Decidida a seguir uma vida no teatro, Sarah precisava de recursos para ingressar no Conservatório de Música e Declamação de Paris. E para consegui-los, tornou-se amante do duque de Morny. O ano era 1859 e Sarah tinha 15 anos.

Na época, a França estava em plena ebulição cultural e científica. O iluminismo tomava forma e as artes eram uma das forças fundamentais desse processo. Youle morreu solitária e deixou seus poucos pertences como herança para a filha. Entre eles, a almofada bordada. Sarah, apesar de distante da mãe, ganhou força dramática com essa perda e pouco a pouco conquistou uma enorme legião de admiradores.

Sua postura em cena refletia sua paixão pela vida. Ela confundia os papéis com ela mesma. A dor e a alegria de seus personagens no palco eram também sua própria dor e alegria na vida. A almofada passou a ser um item obrigatório em seu camarim que, pouco a pouco, se transformava em sua própria alma. Nele, Sarah recebia seus admiradores e a lista de amantes crescia a cada temporada. Sua fama de passional e amante insaciável ganhava força, e as histórias sobre o que acontecia em seu camarim passaram a integrar o folclore do teatro.

Nessa época, Sarah acabou tendo um caso com o belga Charles-Joseph-Eugene-Henri, príncipe de Ligne. Elegante, rico e nobre, era o que Sarah precisava para ter a aprovação da sociedade como uma grande dama. Os dois tiveram uma paixão fulminante e se casaram oficialmente. Nasceu desta união Maurice, o único filho de Sarah, e o casamento perdurou por alguns anos, enquanto a fama de Sarah crescia a cada nova interpretação. A França se tornou pequena para ela e a Europa passou a ser seu quintal. Sua aura como atriz e amante transcendia o velho continente e ganhava o mundo civilizado. Sarah fez longas viagens em turnês pelas Américas e pelo Oriente. E durante todos esses anos e em todas essas viagens, a almofada bordada foi sua companheira e amuleto no camarim.

Em 1880, durante sua passagem por Nova York, ela visitou Thomas Edison. O inventor da lâmpada e do gramofone ficou impressionado pela força e beleza de Sarah que, no auge de sua feminilidade, dedicou enorme atenção a Thomas. Ele retribuiu a dedicação e carinho de Sarah, e, para isso, utilizou uma de suas genais invenções, o gramofone, para gravar a voz de Sarah interpretando *Phedra* de Racine.

Por alguns dias, Sarah e Thomas Edison trancaram-se no estúdio de gravação para produzir um dos únicos registros existentes da voz da diva. Ficavam sozinhos por horas e horas, e os comentários sobre o envolvimento entre dois apareceram discretamente entre os ajudantes que os acompanhavam. Mas nunca se soube ao certo o que realmente aconteceu entre eles.

Anos depois, em 1915, Sarah sofreu um grave acidente e precisou amputar a perna direita. Quando recebeu a notícia, Sarah chorou muito e agarrou-se a sua almofada bordada. Ela lhe daria a força necessária para enfrentar aquele infortúnio. Sem saber da história passada daquela almofada, Sarah pressentia que ela era o esteio que a sustentara por toda a vida. E, assim, apesar do duro golpe, Sarah seguiu em frente, lutou por sua recuperação e, depois da convalescença, continuou a atuar no palco. E ela o fez utilizando-se de uma prótese de madeira no lugar do membro amputado.

Sarah morreu em 1923, coberta de glórias. Ainda em vida, recebeu medalha da Legião de Honra, homenagem dada apenas aos grandes heróis da França. O reconhecimento do mundo pela sua arte ficou guardado nos aplausos que ela recebera durante toda a vida.

Seu filho, Maurice, guardou seus pertences, inclusive a velha almofada bordada. O passar dos anos produziram muitos estragos em seu tecido e estofo, mas Sarah cuidara bem dela. As camareiras de Sarah e as costureiras do teatro de Paris, que tantas e tantas fantasias e roupas fizeram para as personagens de Sarah, haviam providenciado os reparos necessários. Afinal, o que mais importava na almofada era seu pano de frente, bordado na mais pura seda colorida e com os negros cabelos de Latife. Assim, durante os muitos anos em que a almofada estivera com Sarah, ela fora restaurada e recuperara sua beleza e atratividade. Porém, agora, além da essência e da força vital que Latife e Emma haviam impregnado na almofada, e dos tantos e tantos momentos de sensualidade que haviam se transmutado de dentro e para dentro daquele místico objeto, essa nova almofada incorporava também toda a paixão e força dramática de Sarah Bernhardt.

Alguns anos depois, a almofada de Sarah Bernhardt foi leiloada na Casa Christie's de Londres. Um anônimo milionário americano arrematou diversos objetos e levou, entre eles, a almofada bordada para Nova York.

1925 e depois

Quando finalmente o mistério sobre o milionário anônimo foi descoberto, já havia passado muitos anos. O nome dele era Winthrop Rutherfurd, um elegante e bem sucedido advogado de Nova York. Winthrop, alguns anos antes, tivera um rumoroso caso de amor com a belíssima Consuelo Vanderbilt, herdeira do milionário William Kissam Vanderbilt, o grande magnata das estradas de ferro dos Estados Unidos. Consuelo, durante um cruzeiro no barco da família, enamora-se por Winthrop, um dos convidados a bordo, então um jovem bem afeiçoado e de olhos verdes. Mas apesar da mútua paixão entre os dois, por pressões de família, ela rompeu com Winthrop e se casou contra a sua vontade com o nobre inglês Charles Richard John Spencer Churchill, o duque de Marlborough, primo de Winston Churchill, que viria a ser o primeiro ministro da Inglaterra.

Winthrop Rutherford, desiludido com o fim daquele romance e pela perda de Consuelo, casou-se pouco tempo depois e teve vários filhos. Mas logo após o nascimento de seu último herdeiro, ele ficou viúvo. Triste e solitário, mantinha uma rotina totalmente dedicada ao trabalho. Em uma de suas viagens a Washington DC, ele conheceu Lucy Page Mercer, uma jovem brilhante que trabalhava no Departamento de Estado, em Washington DC. Lucy tinha grande envolvimento com políticos influentes e, após um breve flerte com Winthrop, aceitou casar-se com ele e a cerimônia aconteceu em 1920.

Lucy trabalhou durante vários anos como assistente de Eleanor Roosevelt, mulher de Franklin Delano Roosevelt, que seria presidente dos Estados Unidos por doze anos. Durante seu mandato, Roosevelt foi o grande arquiteto das reformas políticas e econômicas que criaram os alicerces para que os Estados Unidos se transformassem de Estado tipicamente rural para superpotência industrial e tecnológica.

Ao comprar os objetos leiloados de Sarah, Winthrop tinha em mente presentear Lucy pelos cinco anos de casamento. Lucy recebeu a almofada e apaixonou-se pela delicadeza do bordado e a colocou como objeto de decoração em seu quarto. De noite, ao dormir, Lucy sentiu um suave aroma de incenso e em seus sonhos lembrou-se do "caso" que ela tivera anos antes com Roosevelt. Os dois ainda jovens tinham sido amantes apaixonados e ela nunca havia se importado com o fato de Roosevelt ser um homem casado. Na noite seguinte, o sonho se repetiu e assim aconteceu noite após noite, avivando os sentimentos enterrados que ela nutria por Roosevelt e de quem se separara para que ele pudesse manter seu casamento com Eleanor e, em consequência, continuar a trilhar sua carreira política.

Mas a força enigmática da almofada agiria rapidamente sobre Lucy, e o impulso de encontrar-se com Roosevelt passou a ser maior do que sua racionalidade. Alguns telefonemas foram o suficiente para que Roosevelt e Lucy se encontrassem secretamente. E nos anos que se seguiram, os dois retomaram o romance. Uma pequena casa em Warm Springs no estado da Geórgia, transformou-se no discreto abrigo dos dois amantes. Os encontros se sucederam com frequência, sempre cheios de paixão e ternura, e foram o alimento espiritual de que Roosevelt precisava para enfrentar as enormes crises e problemas que ele tinha de resolver como presidente dos Estados Unidos.

Nesse período conturbado da história, grandes acontecimentos marcariam a presidência de Roosevelt. Com a quebra da Bolsa de Nova York, em 1929, e a grande depressão que se seguiu, milhões de pessoas ficaram desempregadas e a fome assolou os Estados Unidos. Em 1932, Roosevelt foi eleito presidente pela primeira vez, criou o "New Deal" e com isso revolucionou o país, tirando os Estados Unidos da profunda crise social e econômica que já se estendia por quase três anos. Os Estados Unidos explodiram em uma onda de progresso e desenvolvimento jamais vista. Veio a Segunda Guerra Mundial, e Roosevelt foi o grande líder que comandou a reconquista da Europa das mãos dos nazistas. Durante todos esses momentos, Lucy foi a amante oculta e discreta, que lhe dava forças e energias para prosseguir e vencer seus desafios.

Quando Roosevelt morreu na casa de Warm Springs, em 1945, era Lucy, a amante dedicada, quem estava ao lado dele nos seus últimos momentos. Sobre uma poltrona ao lado da janela, uma almofada bordada era a outra testemunha de todos esses fatos.

Lucy morreu três anos depois e não se sabe ao certo quem retirou a almofada de Warm Springs, mas de alguma forma ela foi parar nas vitrines de uma loja de decorações e antiguidades em Los Angeles.

Norma Jean

Em 1º de junho de 1926, em Los Angeles, Califórnia, nascia Norma Jean, uma linda menina de pele clara e cabelos ruivos, filha de uma funcionária dos estúdios de cinema RKO e de pai desconhecido. A mãe, infelizmente, sofria de problemas mentais e precisou ser internada; a menina foi enviada para um orfanato onde passou boa parte de sua infância até que, aos nove anos, foi morar com uma família adotiva.

No entanto, por problemas financeiros, a família teve de se mudar da Califórnia e não podendo arcar com os custos de manter a jovem em sua nova casa, eles decidiram que ela deveria voltar ao orfanato. Norma reagiu e se rebelou contra isso e o casamento com seu vizinho Jimmy Dougherty, com quem já tinha um fogoso relacionamento, foi sua única saída para livrar-se do orfanato. Norma Jean conheceu assim o seu primeiro homem aos 15 anos de idade.

Durante dois anos, os dois viveram uma grande paixão, alimentada pela beleza e juventude de Norma Jean. Mas em 1944, Jimmy foi convocado para a guerra do Pacífico. A distância de Jimmy, a solidão, a força dos hormônios em ebulição, a inexperiência, a aproximou de outros homens e ela acabou por deitar-se com alguns deles. Durante os anos de guerra, Norma Jean trabalhava em uma fábrica de munições e, por acaso, um fotógrafo a descobriu nas ruas. Empolgado com sua beleza, ele a convidou para tirar algumas fotografias. Muitas delas eram escandalosas para a época, pois Norma se deixou fotografar totalmente nua. Precisava do dinheiro e recebia cinquenta dólares por sessão, o que era uma quantia razoável. No entanto, em pouco tempo, Norma Jean se transformou em uma modelo de sucesso e suas fotos apareceram em revistas e rótulos de produtos. Mas, Jimmy retornou da guerra. Os anos de separação aliados à pouca idade de Norma, haviam mudado muito a personalidade da frágil menina. Ela era agora uma jovem mulher, forte e decidida. O casamento não perdurou e eles acabaram se divorciando. Pouco tempo depois, ela assinava um contrato para fazer uma ponta em um filme em Hollywood. Para o papel precisava pintar os cabelos de loiro. E nunca mais eles voltaram à cor original.

E, além dos cabelos, Norma Jean decidiu mudar tudo em sua vida, inclusive o nome. E ao fazer isso criou o maior mito sexual do século XX. Assim nascia Marylin Monroe.

E com sua beleza, alegria e sensualidade, o sucesso não tardou a vir e Norma Jean transformou-se na expressão máxima do *glamour*, deusa do sexo e objeto de desejo de milhões de fãs calorosos. A primeira edição da revista Playboy teve Marylin na capa e na página central. Ela aparecia nua, com seu corpo escultural, deitada em uma magnífica cama de seda vermelha.

Marylin ganhou as telas em Hollywood, fez sucesso no papel de loira sexy e ganhou fortunas com seus contratos. Construiu uma casa maravilhosa em Brentonwood. Chamou arquitetos e especialistas para arrumar sua mansão, e estes compraram vários objetos de arte e muitas antiguidades para decorar a casa, inclusive uma almofada bordada exposta em uma loja de antiguidades da Rodeo Drive. Muitos homens apaixonaram-se por Marylin e, entre tantos candidatos, ela se casou com Joe DiMaggio, jogador de basebol e o maior astro do esporte naquela época nos Estados Unidos. Sua foto foi capa de revistas no mundo todo. Mas a fama de deusa do sexo, as fofocas e comentários de sua vida extraconjugal, as fotos famosas de seu vestido esvoaçante sob o duto de ventilação do metrô em Nova York, acabaram em rusgas contínuas e ela se separou de DiMaggio.

Solitária em sua casa, Marylin pensava em sua vida. Em tudo o que conseguira: fama, dinheiro, sucesso. Mas ela estava triste. Sentia que tudo isso vinha apenas de sua condição de mulher objeto. Deusa do sexo. Mas ela queria mais do que isso. Queria ser reconhecida não só por sua beleza e sensualidade, mas também por ser uma grande atriz. Naquela noite, Marylin caminhava solitária por sua casa e pela primeira vez reparou na beleza de uma almofada bordada encostada em um sofá de uma das salas. Ao pegar a almofada, uma estranha sensação percorreu seu ser. A almofada lhe transmitia calma e tranquilidade, desejo e paixão. Ela sentia como se aquela almofada sempre tivesse sido parte de sua vida.

Um intenso aroma de incenso invadiu a sala e ela chorou copiosamente. Então entendeu o que tinha de fazer.

Decidida a tornar-se uma grande atriz, ela se afastou do *glamour* de Hollywood e mudou-se para Nova York para estudar no Actor's Studios. Queria aprimorar sua condição de atriz. Dedicou todo o ano de 1955 a isso. Viveu uma vida simples em Manhattan, em um pequeno apartamento, somente preocupada em aprender e melhorar sua dramaticidade, longe das luzes e dos holofotes da fama. A almofada bordada foi sua companheira durante todo esse tempo. Era a almofada quem contracenava com Marylin nas horas e horas que ela ensaiava solitária os exercícios de interpretação do Actor's Studio. A almofada lhe dava a força dramática que houvera sido de Sarah Bernhardt.

No ano seguinte, Marylin fundou sua própria empresa cinematográfica e produziu filmes que mostrariam todo o seu talento como atriz. Nesse mesmo ano, ela se casou com Arthur Miller, intelectual reconhecido pelo seu trabalho como escritor de teatro e isso, de certa forma, endossava a transformação pela qual ela havia passado.

Mas a fama de deusa do sexo estava impregnada de tal forma que Marylin não conseguia se afastar dela. A fama se fez fato. Homens se aproximam dela apenas por sua beleza e sensualidade à flor da pele. Homens poderosos, extremamente poderosos. Assim, em 1961, ela se separou de Miller e a depressão a levou por caminhos insondáveis.

Os círculos de poder trouxeram-na para perto deles e o sexo foi novamente sua forma de escape. Marylin conheceu mafiosos poderosos e políticos importantes. Tornou-se amante de muitos deles. De Sam Giancanna, o grande chefão da cosa-nostra, aos irmãos Robert e John Kennedy, então presidente dos Estados Unidos. Naqueles anos, havia uma luta suja de bastidores entre os mafiosos e os poderosos de Washington. E Marylin tinha amantes nos dois lados. Assim, ela ficou sabendo de segredos incontáveis.

Nos primeiros meses de 1962, John Kennedy ligou várias vezes para Marylin. Alguns encontros noturnos acabaram acontecendo em um quarto esquecido de um pequeno hotel em Washington. Ela se apaixonou sinceramente por Kennedy e, em maio de 1962, declarou esse sentimento de maneira sutil, mas ao mesmo tempo atrevidamente explícita, ao cantar em público, na festa de aniversário de Kennedy, Parabéns a você *Mr. President*, de uma forma comprometedoramente sensual. Depois da festa, os dois se encontraram secretamente em uma suíte do Hotel Plaza em Nova York. Essa seria a última vez que os dois ficariam juntos.

Nos meses seguintes, Marylin se sentia pressionada. Sua paixão não podia ser revelada. Kennedy se recusava a falar com ela. Os mafiosos com quem ela tinha se envolvido a assustavam e a ameaçavam. Ela se sentia só, abandonada, amedrontada. E no auge de toda essa loucura e tristeza, Marylin Monroe só pensava em voltar a ser Norma Jean.

Em um fim de tarde de agosto, no verão de 1962, sem que nunca se soubesse o real motivo, ela foi encontrada morta, nua, em sua cama. Se havia segredos que ela conhecia, eles haviam morrido com ela. Quando retiraram seu corpo para autópsia, jogada em um canto do quarto, ninguém percebeu uma velha almofada bordada.

A autópsia oficial declarou morte por overdose de barbitúricos e calmantes. O enterro de Marylin, comoveu fãs de todo o mundo e durante muitos anos, Joe DiMaggio, o ex-marido de Marylin e eternamente apaixonado por ela, manteve o túmulo de Norma Jean sempre coberto de rosas vermelhas...

Os dias de hoje

Jamais ficará explicado o mistério da almofada bordada de Latife. Durante duzentos anos, a almofada percorreu o mundo, estando presente em momentos decisivos da história da humanidade e sempre ao lado de homens poderosos em suas respectivas épocas. Abdühamid, Nelson, Napoleão, Wellington, Roosevelt e Kennedy.

Que estranho poder teve Latife para incorporar essa força em sua almofada? E, da mesma forma, todas as demais mulheres que viveram sob a influência da almofada, também passaram a ela elementos fundamentais de suas forças e personalidades.

Foram muitas as coincidências que cruzaram essas mulheres e os homens com quem elas compartilharam seus segredos, carinho, dedicação e amor.

Todas elas foram afastadas de suas famílias ainda crianças. Todas elas perderam a virgindade aos quinze anos. Todas elas se envolveram com homens muito poderosos em seus tempos. Todas elas foram grandes amantes e donas de uma sensualidade extraordinária. E todas elas enfrentaram grandes tragédias em suas vidas.

Na verdade, Marylin se transformou na reencarnação de todas as mulheres que tiveram a posse da almofada. Latife, Emma, Youle, Sarah e Lucy. Todas elas estavam vivas e presentes na figura de Marilyn. Ela é o símbolo da paixão, sexo, vício, arte e poder que impregnaram a almofada desde que ela foi bordada.

A almofada de Latife perdeu-se em 1962 e nunca mais se teve notícias dela. Dizem que foi recolhida pela polícia e até hoje estaria perdida, abandonada nos arquivos mortos da justiça americana. Outros dizem que uma empregada de Marylin, Eunice Murray, levou a almofada para sua casa e que estaria hoje com um de seus filhos. Nada difícil para quem tentou sacar um cheque falsificado de duzentos dólares da conta de Marylin, depois que ela já estava morta. Dizem também que Kennedy pediu que a almofada fosse levada até ele e que, meses mais tarde, ela estaria na sala oval da Casa Branca em plena crise dos mísseis com Cuba. E que Kennedy, pouco antes da fatídica viagem a Dallas, deu a almofada de presente para sua esposa Jackie. Assim, quando Jackie se casou com Onasis, a almofada teria ido para a Grécia e acabou nas mãos de Cristina, a filha de Onasis. Será apenas uma estranha coincidência o fato de Cristina ter morrido por overdose depois de uma vida atribulada e cheia de amantes? Outra versão existe e garante que a almofada voltou à França. Lá, teria sido comprada por um antiquário que a presenteou a Anne Pingeot, funcionária e curadora do Museu D'Orsay. Anne foi durante anos a discreta amante de François Mitterrand, o todo-poderoso e enigmático primeiro-ministro da França entre 1981 e 1994. Mitterrand, apesar de ser casado com outra mulher, viveu durante anos com Anne Pingeot em um belo apartamento em Quai Branly, às margens do Sena em Paris, sem que o público jamais ouvisse o menor rumor desse fato. Desse romance secreto, em 1974, nasceu Mazarine, uma bela jovem, que até hoje nunca confirmou ou desmentiu a existência da almofada. Essa possibilidade se encaixa perfeitamente na saga da almofada e complementa perfeitamente a lenda que a envolve.

Outra teoria é que a almofada teria ficado nos depósitos da Casa Branca após a morte de Kennedy e que, durante a presidência de Bill Clinton, reconhecidamente um grande admirador de Kennedy, ela teria sido achada quando Clinton solicitou à sua equipe que procurasse documentos de seu grande ídolo nos depósitos da Casa Branca. Ao procurar esses documentos, a estagiária Mônica Lewinsky teria encontrado a almofada e a teria levado de volta ao salão oval, o que explicaria muito bem os notórios momentos de sexualidade que ali ocorreram, entre Clinton e Mônica.

A mais recente hipótese é que a almofada tenha chegado às mãos de Anna Nicole Smith, ex-coelhinha da Playboy, cuja vida atribulada e cheia de amantes fez notícia no mundo inteiro. Fontes ligadas à polícia de Miami dizem que uma almofada bordada teria sido encontrada no quarto do hotel cassino onde ela faleceu por overdose. Coincidência?

A verdade é que ninguém sabe onde a almofada está atualmente. Por isso, se alguém um dia vir uma almofada bordada com um desenho de paisagem, um bucólico vale entre colinas, aproxime-se, olhe e toque com cuidado. E não ache estranho se um aroma intenso de incenso se fizer sentir e uma enorme e instantânea vontade de fazer amor lhe percorrer o corpo e lhe penetrar a alma.

Se isso acontecer, você terá encontrado a almofada bordada de Latife. Por favor, avise-me o mais rápido que puder.

Rita Cadillac

Abelardo Barbosa foi uma figura única. Sua habilidade para se comunicar com o público era algo absolutamente inexplicável e, apesar de ter sido objeto de teses e mais teses nas escolas de comunicação, ninguém conseguia entender como aquele homem baixinho, feio, cheio de manias e superstições, conseguiu se transformar no maior fenômeno da televisão brasileira. A mistura de locutor de rádio e palhaço televisivo fez de Abelardo Barbosa, o Chacrinha, um ícone cultural *underground*, e o transformou em símbolo da irreverência, da anarquia e da liberdade de expressão apolítica, dentro de um período em que a repressão em nosso país era ferrenha e onipresente.

Chacrinha criava bordões em seus programas, que se tornavam parte do vocabulário das massas. Quem não lembra-se do seu famoso dito — TERESINHA????? — Quem quer bacalhau? — Veio a pé ou de trem? — O que é isso minha filha...?

Conheci Chacrinha no começo dos anos 1960. Meu pai, como talvez poucos saibam, foi o criador do famoso Almoço com as Estrelas. Assim, todos os sábados, eu o acompanhava na TV Tupi, onde, atrás das câmeras, ele comandava o "Almoço" que era apresentado pelo casal Ayrton e Lolita Rodrigues. Nem bem acabava o "Almoço" e no estúdio ao lado, Chacrinha já estava com sua buzina azucrinando a vida de todos. Era 1962.

Sem querer ser assertivo nisso, muito menos difamar seu Abelardo, o comportamento dele fora da TV era ainda mais exótico do que em frente às câmeras. Chacrinha andava sempre acompanhado de um séquito de secretários, fãs e admiradores, além de seu filho sempre a carregar uma enorme mala de couro. O conteúdo dessa mala sempre foi objeto de controvérsias e curiosidade, mas o mais provável é que ela servia para carregar os amuletos e patuás do supersticioso comunicador.

Chacrinha nunca respondia às perguntas feitas nas entrevistas. Afinal, ele vivia de acordo com uma de suas máximas: — Eu não vim aqui para explicar, mas para confundir...

Outras vezes, era de uma lucidez absoluta: — Quem não se comunica se estrumbica...

Ele vivia em outro mundo e, às vezes, aterrissava no mundo real. Na maioria das vezes, mais parecia alguém a transitar entre níveis do consciente e do inconsciente, beirando a loucura e alucinação, mas ninguém parecia se importar com isso, enquanto o IBOPE estivesse nas alturas.

Contudo, a Discoteca do Chacrinha fez época e formou toda uma geração de artistas, principalmente cantores. Além disso, entre as novidades que ele incorporou ao seu programa, estavam as famosas e sensuais bailarinas: As Chacretes. A que mais se destacava era Rita Cadillac.

Rita Cadillac foi o sonho onanista de toda uma geração de brasileiros. Moleques e adolescentes grudavam os olhos na TV, só para ver os sensuais movimentos da bela moça. Trinta e tantos anos depois, ela é a única chacrete que ainda vive e sobrevive da fama que ganhou graças ao velho Abelardo. Mas para manter essa presença, dona Rita, hoje já bem madura, tem feito coisas que nem Chacrinha explicaria. Rita já gravou discos com músicas de duplo sentido, fez teatro e pousou nua em revistas masculinas. No filme *Carandiru*, baseado no livro do Dr.

Drauzio Varella, ela fez o papel dela mesma, rebolando e fazendo jus ao seu título de rainha dos presidiários. A mais recente obra dessa ousada senhora, fez sucesso nas locadoras de filmes pornográficos. Sem dúvida, uma vida e tanto.

Mas o que eu jamais poderia imaginar é que o sucesso dessa incrível chacrete chegaria a fronteiras tão distantes. Por aqui, no distante Pacífico Norte, aonde moro, encontro Rita em vários lugares. Conhecemos-nos por acaso e depois de nosso primeiro encontro, confesso que me apaixonei. Afinal, eu também já não sou nenhuma criança e sem dúvida os anos deram a Rita um sabor inebriante. Desde então, várias vezes ela tem me acompanhado em jantares e *happy hours*. E se algum de meus colegas teve em sua juventude desejos ocultos por essa chacrete, bem, vou deixá-los embasbacados com minha declaração: Ontem, no Rancho Grande, eu tracei a tal da Rita Cadillac.

E para não deixar dúvidas, anexo a prova de meu pecado.

```
        RANCHO GRANDE
      MEXICAN RESTAURANT
        SAMMAMISH, WA
   -----------------------------
   CHK#     52   T/O         4
   ASUCENA         #         7
   08/21/2007 18:06 GUESTS 0 CASHIER 1

   DINING
         1 TECATE            3,95
         1 2XX DRAFT         3,95
         1 COKE              2,35
     ⇨   1 RITA CADILLAC     7,95
         1 LG NACHOS         8,45
        .1 CAM COSTA AZUL   16,75
   SUBTOTAL:               43,40
   TAX:                     4,09
   B#52      T#0653--------
   TOTAL                   47,48

        THANK YOU FOR
           DINING AT
        RANCHO GRANDE
      PLEASE PAY SERVER.
   $$$$$$$$$$$$$$$$$$$$$$$
         FOR ORDERS TO - GO
       CALL ( 425 ) 898 - 7328
            "GRACIAS"
```

Rosita

Esta história me foi contada de viva voz pelo impagável amigo F. Santos. Fatos que aconteceram com ele e que depois de tantos anos posso trazer a público com uma narrativa em primeira pessoa. Muito embora alguns detalhes tenham sido trocados para proteger inocentes, o resultado final é o que importa.

Era o ano de 1982. Precisamente em março daquele ano, recebi uma oferta para trabalhar durante alguns meses na Argentina, coordenando uma equipe de "hermanos", para botar em funcionamento uma nova unidade fabril. Para mim, aquela oferta tinha caído do céu. Eu era jovem, solteiro, sem compromissos e, além de representar um salto importante na minha carreira profissional, o meu espírito de aventura se empolgou com aquela oportunidade.

Feitas as malas, em abril eu já estava morando em Buenos Aires, em um pequeno e confortável *flat*. O prédio era antigo, como a maioria dos edifícios na cidade, naquele estilo tradicional de arquitetura francesa do século XIX, mas os apartamentos haviam sido todos reformados e eram modernos e perfeitos para o que eu precisava. Sala e quarto com cama de casal, um bom chuveiro, uma pequena cozinha e serviço de limpeza todos os dias.

Depois dos primeiros dias de deslumbramento com Buenos Aires, seus parques e ótimos restaurantes, onde carne e batata frita são inigualáveis, me afundei de cabeça no meu trabalho, fiz alguns amigos na fábrica e acabei me encantando com Rosita, a jovem e loira secretária de um dos diretores.

Passadas algumas semanas, Rosita e eu estávamos namorando e sempre que possível ela passava as noites comigo no meu pequeno apartamento. Nessa confusão de trabalho e namoro, eu até tinha me esquecido que a Copa do Mundo estava por começar em junho e, se não fosse pelo fanatismo que os argentinos têm por futebol, acho que nem teria visto a Copa e passaria as tardes dos jogos entre os braços e pernas de Rosita.

Como eu já disse, os argentinos são fanáticos por futebol. Essa paixão pela pelota é incomparável a qualquer coisa que se possa imaginar no Brasil. Maradona já era para eles um deus naquela época. Mas deus mesmo. Os portenhos até hoje são capazes de matar e morrer pelo seu ídolo e pelo futebol. Nem mesmo o gigantesco Maracanã inteirinho vibrando se compara ao que acontece num jogo no pequeno estádio de La Bombonera em Buenos Aires. Futebol por lá é assunto de vida e morte.

E eis que a Copa chegou e, como único brasileiro na firma, eu era vítima de constantes piadas e gracejos. Apostas me eram propostas, faziam-me gozações de todos os lados e, claro, tinha de ouvir calado as inevitáveis comparações entre

Maradona e Pelé. Pelé, diziam eles, pode ter sido o rei do futebol, mas Maradona era o DEUS. E deus será sempre deus. Assim será sempre maior e melhor do que qualquer simples e mortal rei...

Até Rosita me gozava todos os dias e as coisas só melhoravam quando a gente ia para a cama e fazia amor. Aquela loirinha era uma delícia e pelo menos na cama não falava de futebol.

Até que numa tarde, creio que num domingo, depois da partida que classificou a Argentina para a segunda fase e os colocou no mesmo grupo do Brasil, tivemos uma discussão. Ela começou a me provocar dizendo que a Argentina ia golear o Brasil e levar a Copa da Espanha. Dizia que o Brasil era freguês e coisa e tal. Farto daquela conversa, eu propus então uma aposta. Se o Brasil perdesse, eu me vestiria com a camisa da Argentina para ir trabalhar no dia seguinte. Teria de aguentar todas as gozações e piadas. Mas se a Argentina perdesse, ela teria de vestir a camisa da seleção brasileira para que eu a fotografasse e depois mostrar aos colegas no escritório. Era uma aposta justa.

Chegado o dia do jogo, os colegas argentinos ficaram na fábrica para ver a batalha, mas eu, precavido e com medo, queria ver o jogo no *flat*. Infelizmente, meus colegas e Rosita não me deixaram.

Assim, começamos a ver a partida na TV do refeitório. O jogo começou muito nervoso. Os dois times jogavam bem, mas o Brasil era melhor em tudo. E aos onze minutos do primeiro tempo, Zico marcou o primeiro gol para o Brasil. Eu queira pular, gritar, fazer algazarra... Mas diante de centenas de olhos argentinos querendo me fuzilar, acabei quieto no meu cantinho sem mexer um músculo. E não ficou por aí... O Brasil fez 2 a 0... 3 a 0... Maradona foi expulso... O deus havia virado diabo!... Perto do fim do jogo, eu rezava pela minha integridade física e, apesar de a Argentina ter feito um golzinho no último minuto do segundo tempo, isso só serviu para aumentar ainda mais a irritação dos meus coleguinhas...

Acabado o jogo, com cara de poucos amigos, todos saíram da sala. Rosita veio até mim e pediu para irmos embora. Sem mais palavras, saímos e caminhamos até o carro. Rosita dirigiu calada até meu apartamento. Aliás, havia um silêncio mortal na cidade. As ruas estavam vazias, poucos carros circulavam. Apenas alguns poucos dos tradicionais ônibus velhos e coloridos de Buenos Aires arrastavam-se pela cidade para recolher grupos de torcedores que choravam pelas esquinas.

Chegamos ao apartamento e, sem palavras, Rosita foi tomar uma ducha. Aí eu me lembrei da aposta e só então percebi que eu não tinha comprado uma camisa da seleção brasileira para que ela vestisse. *Droga*, pensei, *como farei para ela pagar a aposta?* Estava matutando sobre isso quando Rosita saiu do banheiro enrolada em uma toalha com a cara triste, quase chorando. Então eu a abracei e a beijei e disse que a vida era assim mesmo. Ela retribuiu meus beijos e em pouco tempo estávamos fazendo amor loucamente.

Num desses momentos de loucura, virei Rosita na cama e ela ficou de costas para mim, com aquela bundinha branca e lisinha apontando pro céu. E aí, num ato de inspiração, eu disse:

— Já sei como você vai pagar a sua aposta!

Morto de tesão, me joguei sobre ela e forcei a penetração. Ela então gritou:

— *Por la cola no...* (Pelo rabo não...)

Mas era tarde... Eu já estava lá. E gozei como nunca. Foi inesquecível.

Hoje, muitos anos depois, relembrando esse acontecimento, acho que nunca mais terei uma tarde tão fantástica e tão cheia de emoções quanto aquela e, sinceramente, não sei definir o que me deu mais prazer: ver o Brasil ganhar do time de Maradona ou botar na bunda de uma argentina.

INFORMAÇÕES SOBRE NOSSAS
PUBLICAÇÕES
E ÚLTIMOS LANÇAMENTOS

Cadastre-se no site:

www.novoseculo.com.br

e receba mensalmente nosso boletim eletrônico.

novo século®